珍名ばかりが狙われる　連続殺人鬼ヤマダの息子

珍名ばかりが狙われる
連続殺人鬼ヤマダの息子

黒川慈雨

宝島社
文庫

宝島社

プロローグ

その奇妙な事件は、まず新聞の小さな記事で告げられた。

それは一見多くの人が見落とすか、見てもすぐに忘れてしまうような些細《ささい》な事件だった。

ある一点を除いては。

都内で男性の他殺体発見

二十三日、東京都Y市の山中で男性の遺体が半分土に埋まった状態で発見された。司法解剖の結果、遺体の身元は都内に住む警備員の木乃伊《みいら》義男《よしお》さん（58）と判明した。死因は頭を殴打されたことによる頭部外傷だった。所持品はなく、また犯人につながりそうな物的証拠も見つかっていない。怨恨、通り魔的愉快犯といった角度から警察は捜査を進める方針である。

おわかりいただけただろうか。

これがやがて大きなうねりとなって日本中の話題をさらうことになる、連続殺人のはじまりだった。

1

「不倫《ふりん》君。ごめん、待った?」

すぐ近くに座っているサラリーマンがギョッとしたように振り返る。ちょっと大袈裟《おおげさ》に思えるその男の反応を訝《いぶか》しみながら、手を上げてこたえる。

「ううん、俺もいま来たとこだよ」

不倫、純《じゅん》。二十歳。都内私立大学経済学部二年。

純は数か月前、人生で初めての彼女ができた。友達の開いた飲み会、ほとんど合コンのその席で知り合った、同じ大学の文学部に通う同学年だ。

「俺、こんな名字だけどさ、めっちゃ一途だから。だから、付き合ってください」

雑誌で探した流行のデートスポットでそんな告白をして、そして無事OKをもらえた。デートは約束の時間の三十分前には待ち合わせ場所に着き彼女を待ちかまえるというのも男の嗜《たしな》みとして欠かさない。「待った?」「ううん、いまきたとこだよ」ずっと憧れていたやり取りだった。

しかし人生の春を喜んだのも束《つか》の間のことだった。付き合いはじめてからずっと、純の心は不安でいっぱいだった。こうしてデートをしている最中も。

「大丈夫? 疲れたりしてない?」

「うん、大丈夫だよ」

「よかったー。俺ひとりっ子だからさ、マイペースってよく言われるんだよね」

「あんまりそうは見えないけどな。どっちかというと、弟っぽい。従順そうで、犬みたいっていうか」

「ああ、よく犬系っていわれる。たしかに、できれば一緒に遊んだり、いろいろ教えてくれる頼りになる兄貴とかほしかったなー」

「不倫君の家は、何人家族？」

「ああ、うちは……三人、三人家族。俺と、あと……両親だけだよ」

「そっかあ」

「うん、あ、それでね」

ここで純のスイッチが入った。

「俺さ、父さんのこと世界中で一番尊敬してて。うちの父さん、理系でさ、めちゃくちゃ頭がよくて、企業の研究所で研究員やってるんだよ。でも頭がいいだけじゃなくて、運動神経もよかったらしいし」

純には子供の頃から父親のことになるとつい熱く語る癖があった。

「将来は俺も父さんみたいになりたいと思ってるんだ。俺にとって、ヒーローみたいな存在なんだよ」

「ヒーロー……」

彼女がストローでグラスの中の氷をつつく、カラカラという音が二人の間に響く。

「あれ、でもたしか不倫君、公務員志望って言ってなかった？　学部も文系だし」

「そうなんだ……俺、根っからの文系でさ。受験したんだけど理系の学部見事に全滅した」

ふーんと相槌《あいづち》を打つ目の前の彼女を見て、恋愛経験のない純もさすがに気がついた。彼女が、自分といてもどこか楽しそうではないことに。どんなに努力をしても、ダメだった。髪形やファッションを流行のものにしてみても、好きな漫画をすすめてみても、男らしくリードしても。自分に興味を持ってくれているようには見えなかった。

一つだけ、純にはその心当たりがあった。ここ最近はずっとそのことを心の中で彼女に問いかけている。

「……愛《あい》ちゃん……」

純は目の前に座る、彼女である伊藤《いとう》愛の目を真《ま》っ直《す》ぐ見つめた。

俺のこと、そんなに好きじゃない？　俺とのことは、ただの遊びだったりする？

それって。

それってやっぱり、俺と結婚したら、名前が『不倫愛』になるから？

「ん、なに？」

「いや、なんでも」

しかしやっぱり純にはそれを口にすることはできなかった。それに結婚なんて言い出したら、それこそ重過ぎて嫌われるかもしれない。

内心で次の話題を探していると、テーブルの上に置いてあった純のスマホが鳴り出した。

「出たら。いいよ」

「ん？　ああ、大丈夫。おふくろだから」

おふくろ。母親のことを彼女になんと表現するべきかとっさに悩み、そう表現した。

本当は家ではそう呼んだことなどなかったが。

「出なよ」

「わかった、じゃあごめん」

あまり母親を蔑《ないがし》ろにする男だと思われたくもないので、純は言われた通りにスマホを手に取った。

「もしもし？　なんだよ、どうしたの」

しかしマザコンだと思われても困るところであり、純の口からはことさら不愛想な声が出た。目の前で彼女にやり取りを聞かれているというのをどうしても意識してしまう。

「あ、見つかったの？　へー、よかったじゃん。あのさ、俺、今友達と遊んでるから。もういい？」

彼女ができたことは母親の春子《はるこ》には伝えていない。電話を切ろうとした時、春子が続けて何か言った。

「えっ」

純は自分でも思いがけないような声を出していた。

「死んだ？」

続けて飛び出したその不穏な発言は、にぎわう店内では幸い誰の耳にも届いていなかった。目の前に座る愛以外には。

純は驚きと動揺で今がデートの最中であることも失念していた。

「もしかして」

電話を切ると、愛の顔つきが深刻な色を帯びた。のぞき込むようにして、気遣わしげな視線を向けてくる。

「お身内になにかご不幸でもあった……？」

純はガクンとうなだれるようにうなずいた。

「そうみたいなんだ」

「そう……」

頭のどこかで純は愛の察しの良さに感心した。女の子は男よりはるかに大人だと、子供の頃から思っていた。

「早く行って。今日はもういいから、とにかく家帰って」

いまだに事態を呑《の》み込めない純だったが、愛に急《せ》き立てられるようにして、とにかく店を出た。

純が帰り着いた時、両親は家にいなかった。とりあえず時間を潰していようとしても、何も手につかない。

しばらくして、ようやく二人が帰ってきたのが玄関の物音でわかった。

「おかえり」

リビングで声をかけても、二人とも無言だった。

「なあ、叔父《おじ》さんが死んだってなんなんだよ。どういうことだよ」

純は少し苛《いら》立《だ》って何やら慌ただしくしている二人を追いかけながら尋ねた。春子がようやく純の方に振り返り、溜《た》め息を吐き出してから言った。

「いま、お母さんたち警察に行ってきたんだけど」

話を急かすように、うん、と純がうなずく。正面から見ると春子の顔は明らかに憔《しょう》悴《すい》していた。

「今日、朝から誠次《せいじ》さんの気配がなかったでしょ？　もうずっと心配してて、それで、見つかったんだけど、誠次さん、外で……亡くなってたって……」

そこで春子は、躊躇《ちゅうちょ》するように一瞬言葉を切った。それから、声を潜めるようにして、

「誰かに、殺されたんだって」

春子にとても食事を作る気力などなく、その日の夕飯は出前を取った。

春子は目の前の丼物に一切手をつけていない。遠慮がちにラーメンを啜《すす》る純に、春子がぽつりと呟《つぶや》いた。

「ねえ、純。あんた、『ヤマダ』って名字に聞き覚えある？」

「山田《やまだ》？　それなら同級生に何人かいるけど、それがどうし……えっ」

答えてから、箸を持つ純の手が止まった。

「それって、まさか」

「警察の人が言うには、どうもね、犯人は、ヤマダ、っていうらしいの」

純は今朝も、スマホで読んだニュースサイトの記事の中でその名を目にしたばかりだった。

「あの『ヤマダの息子』……!?」

連続殺人犯ヤマダの息子。

春子は無言でうなずくと、こらえ切れないように両手で顔を覆った。深い溜め息を漏らし、

「いったい、何であんなこと」

純も丼の上に箸を置く。まだ三分の一程度しか手をつけていないが、これ以上入りそうもなかった。

「ねえ父さん、どうすればいい？」

思わず純は、縋《すが》るような気持ちで、帰宅してからずっと口を開いていない父親の正《まさ》志《し》の方を向いた。元来、口数の少ない人だった。

子供の頃からずっと、本当に困った時、純は正志を頼った。

少しの間を置いて、ようやく正志が口を開いた。落ち着いた低い声で、

「ああ、そうだな。大丈夫。日本の警察は優秀だ。すぐに解決するだろう」

それだけ言うと、先に丼を完食してしまい両手を合わせて立ち上がった。その正志の背中を目で追いかけているうちに、純はすっかり安堵《あんど》を覚えてもう一度箸を手に取った。

父親があ言っているのだ。きっと大丈夫だろう。すんなりそう思える自分がいた。

父親さえいてくれれば、何も問題ない。

純はずっとそう信じてきた。

2

翌朝もいつも通りに三人で朝食の席に着いた。不倫家はいつも規則正しい生活リズムを守っている。それは正志が定めたもので、純もその通りに動くようすっかり体内時計ができあがっていて寝坊などしたことがなかった。不倫家のダイニングテーブルは四人がけだ。正志と、春子と、純と、もう一人、誠次の席が用意されている。ずっと空席で使われることなどほとんどなかったその席だが、今となっては、目にするたびにもう一人の家族の永遠の不在を強調しているような気がした。

朝刊を広げると、誠次の事件は各紙でトップニュースとして一面に取り上げられていた。

『不倫誠次さん(48・無職)他殺体で発見』

朝食にもほとんど手をつけず、無言で新聞を回し三人で誠次の記事を熟読した。それはどこか儀式めいた光景だった。カーテンの開けられた窓の外には元気が漲《みなぎ》ってきそうな晴天が広がっているのに、その朝、不倫家だけは外の世界から切り離されたように色合いを失《な》くしていた。新聞を読み終えると次に正志が無言でリモコンを手に取り、どこか慎重な手つきでテレビをつけた。いつもなら食事時にはほとんどテレビをつけない。どんな家庭にでもそれぞれのものがあるだろう、不倫家のルーティンが静かに崩れはじめていた。

　朝の情報番組で思った通り誠次の死が報じられていた。純がスマホでも確認したが、やはりネットニュースでも一番目立つ扱いだ。なんとなく昨夜は両親に聞きづらかった誠次の事件の詳細な情報を、純はそこで初めて知った。神妙な顔で見慣れた男性アナウンサーが事件を伝える。

『不倫さんは、昨日未明にこの商業施設の多目的トイレにて、何者かに頭を殴打され、その後、眉間を銃で撃ち抜かれて死亡したようです』

　第一発見者はその商業施設の清掃係の女性だったらしい。不倫家でも、昨日の朝から誠次の気配がないことを心配していた。

　チャンネルを変えてみても、どの局も軒並み誠次の事件を、それもトップニュースで報じていた。

　ヤマダの息子。それは今、ネットを中心に話題になりつつある連続殺人犯だった。

　その呼び名は、かつてアメリカを震撼《しんかん》させたシリアルキラー『サムの息子』から引用されたものだろうと識者達は推察した。

最初の被害者が発見されたのが一か月前のことだった。

報道された被害者の名前は木乃伊義男。妻と子供二人を持つ五十八歳の警備員だった。都内山中にて頭部を殴打されて殺害され、下半身が土中から飛び出しているのを登山客に発見された。その遺棄方法の中途半端さから、まるで見つけられることを前提としているかのようで、身近な人間による怨恨の線は希薄なのではないかと思われた。また金品に一切手をつけていなかったことから物盗り目的でもなく、つまり通り魔や、愉快犯的に、無差別に行われた犯行ではないかというのが警察の見方であった。ネットを中心にわずかに話題になったのは、被害者の『木乃伊』という名字の珍しい響きだった。

続いて、二件目の事件が起きた。

深夜、都内で路上駐車されていた乗用車が爆発炎上した。車内からはその車の持ち主の波水流《ばずる》孝則《たかのり》という二十五歳の独身の会社員が発見された。解剖の結果、まず頭部を殴打して撲殺、その後車に乗せて火をつけたということがわかった。

そしてこの二件目では現場の路上に赤い油性ペンで書かれた文章が残されていた。

とおりまなんかじゃない

おれはモンスターだ　おれは〝ヤマダのむすこ〟だ

おやじのヤマダはひとごろし　なんにんもころしたさつじんき
おれもおなじなまえ　おなじちがながれてる
だからおれもころしてやる
みいらはつちのなか
バズってえんじょう
おれはしぬまでとまらない
さっさとおれをうて
それまでおれはころすのをやめない
おかしななまえのやつらを

ヤマダのむすこ

これによって連続殺人が起きはじめているということが日本中に知らされた。犯人はヤマダの息子と名乗る人物。そして被害者二人に接点がないことから、一見、二件の殺人に関連性はないように思われたが、殺されるのは「おかしな名前のやつら」、つまりこの事件における共通点はどうやら被害者が珍名であるということらしい。しかもその文面と現場の状況から、被害者の名字になぞらえて殺していることはまず間違いない。最初の被害者は『木乃伊』として土の中に埋められ、二人目の被害者は『波水流』という響きからネットスラングの「バズる」、「炎上」とかけ、車ごと炎上させられてしまった。そう明らかとなると、がぜん興味をひかれる者が続出しはじめた。

純もその話題はネットを通じて知ってはいた。そしてもしそれが本当なら、『不倫』という自分の名字は狙われる可能性があったりして、などという考えが浮かんだこともあった。元来臆病な純だが、しかしさすがに現実にそんなことは起きないだろうと本気で心配はしていなかった。それが、まさか自分の身内が三番目の被害者になるなんて。

そして、三件目の事件が発生したことでヤマダの息子の存在は確定的なものとなった。きっとまだ続くのではないか、捕まるまでこの異常者は殺人を続ける、言葉にせずとも社会にそんな予感が満ちた。

誠次の殺害現場にも、トイレの壁面に赤い文章が残されていたらしい。

けいさつ、マスコミのみなさん　こんにちは
おれをまだとめられないみたいだな
まいにちまいにちくだらないげいのうニュースばかり　うんざりだ

おれがネタをくれてやる
おまえらのだいすきなふりんだぞ
すきなようにしゅうかんしにかいてみろ
おれはまだまだかりをつづけるぞ
おかしな名前のやつらを
あんしんしろふつうの名前はねらわない
だからみんなたのしみにしていろ
それではまたあおう

ヤマダのむすこ

「殴って、その後で、銃で撃つ……なんて、なんでそんな、そこまで……」

「たぶんだけど」

純は片手でトーストを齧《かじ》り、片手でスマホをいじりながら口を開いた。いつもなら行儀が悪いと注意されることも、今日は春子が何も言わない。

「ヤマダの息子は、その名字になぞらえた殺し方をするんだよ。うちだったら『不倫』。芸能人が熱愛や不倫報道で週刊誌にすっぱ抜かれることを、ネットスラングで砲撃に例えられてるんだよ」

理解できない、と書かれた顔で春子は首を傾《かし》げていた。

「でもさ、おかしくない？　あの叔父さんが外で殺されるなんて」

事件を受けて、真っ先に思ったことを純は口にした。しかし正志も春子もメディアに釘付《くぎづ》けで、それどころではないといった様子だった。

『不倫』、不倫誠次。どの媒体を見ても、はっきりそうフルネームで取り上げていた。以前からよく見ていた全国ネットのテレビ番組でキー局のアナウンサーの口から親族の名前を聞くというのは、なんとも現実感のない体験だった。

事件翌日こそ一斉に報道されたが、すぐに誠次の事件の報道は終わったかに見えた。大きな波がくるように、日々次々と新たな事件が起き、かつての事件の記憶は飲み込まれてしまうはずだった。しかしその波をかき分けるように定期的に新たな話題が投下され、この事件に対する人々の関心は静まることがなかった。

その動きに気づいたのは、純だった。ネット上で生前の誠次のＳＮＳアカウントが次々と広まっていたのだ。

家族も詳しく知らなかったことだが、誠次のアカウントはネットゲーム界隈《かいわい》ではかなり有名な存在だった。誠次は今ハマっているアニメやゲームについて語るほかに、現実での自身の境遇について愚痴や自虐をＳＮＳ上に大量に吐き出していたことが発覚の発端となった。方々のアカウントに残っていた過去のそんな発言を掘り返され、報道されている年齢や住所、家族構成といった情報と照らし合わせて検証される。そういった経緯からヤマダの息子による三人目の被害者であると特定されるまでに至った。

何より、それまで日がな一日ログインしていたそれらのアカウントが事件以来一切の活動を止めてしまっているということが、最大の状況証拠となった。それはまるで、ネット上に散らばった誠次の墓標のようだった。もう二度と、もの言わぬ魂の跡地。

誠次の報道されていなかった素顔が、次々に暴かれていった。

『このアカって、あのヤマダの息子の被害者なんじゃね？』
『ああ、不倫って奴？』
『マジで⁉　リアル被害者？』
『中学卒業以来まともに働いたことがないらしい』
『子供部屋おじさんでヒキニートだったってわけか。ただの社会のゴミじゃねーか』
『あんな萌えアニメ見てる時点で女性に対する性的搾取』
『こんなクズ殺されて当然』
『小児性愛者は犯罪者予備軍』

『家族もせいせいしてるんじゃねえの？　殺処分してくれて』

『ていうか本当は家族がやるべきことだろ』

『ヤマダの息子グッジョブ』

不倫誠次は、ほぼ不登校だった中学を卒業しても高校には通わず、以来ずっと家に閉じこもっていた。両親が死去した後は、兄である正志に養ってもらい、日中はほぼ自室から出てくることはなく、三人の家人とは顔を合わせることのない生活をおくっていた。どうやらアニメとゲームに興じているらしい、ということだけが薄々三人にもわかっていた。

もうずっと、不倫家はそんな状態で〝四人家族〟として暮らしてきた。

純が教え、正志も春子もネット上のそういった反応に一通り目を通した。そしてそれだけに留《とど》まらず、その現象は現実へと波及しはじめていった。

純の家は辺り一帯ではちょっとした有名な一家だった。それはひとえに、名字が変わっていたからだ。顔馴染《かおなじ》みの隣近所はもちろん、ほとんど面識のない人にまで『不倫家』という家があることは知られていた。

日中、リビングの電話が鳴った。たまたま純が家にいた。

「はい、不倫ですけど」

『すっげー、マジでふりんって言った』

ふりんー、ウケる、電話の向こうで若者数人がそう笑い合い、すぐにブツッという音がして電話が切れた。

ほどなくして、また電話が鳴る。嫌な予感がして純は今度は無言で受話器を取ると、中年の男らしき人物が一方的な説教をはじめた。支離滅裂で何を言ってるのかよくわからない。純は途中で通話を切った。正志と春子も同様の体験をしていた。

家の外から大声で罵倒されることや、窓ガラスを割られることまで起きた。近所を歩くと遠巻きにされた。

もしかしたら、と思い確認してみると、予想通りネット上に誠次だけでなく純達の個人情報まで晒《さら》されていた。正志の勤務先、学歴、春子の趣味、よく行くスーパー、純の大学名、サークル、全員の顔写真。純のやっているSNSのアカウントに大量の閲覧者が訪れ、馬鹿にしたようなコメントを残していった。爆発的にフォロワーが増えた。おもしろ半分のダイレクトメールも送られてきた。慌ててアカウントに鍵を掛けて見られないようにしたが、疲れ果てた純は、それからすぐにアカウントそのものを削除してしまった。

家族三人顔を合わせる朝晩の食事の席は、活気などあるわけがなかった。お互い言葉にしなくとも、全員が同じような目に遭っていることはわかった。普段なら口数が多く一番の盛り上げ役である春子が、めっきり食が細くなり痩せた手に箸を持ったまま、ぽつりと零《こぼ》す。

「なんで、どうして……」

どうして被害者である自分達が、こんな目に遭うのか。声にならない春子の言葉はそう続いた。

「あんなデジタルタトゥー刻まれて、どうやって生きていけばいいんだよな」

純は絶望を通り越して自虐的に笑ってしまった。

「……叔父さんのせいだ……」

その後に続いた言葉に、両親が耳を疑うようにして純を見た。

「叔父さんがオタクで、引きこもりで、まともな人生を歩んでいないせいで……これまでだって、さんざん家族に迷惑かけてきて。最後の最後まで……なんなんだよ、あの、デブッ」

「純、あんたなんてこと言うのっ」

反射的に春子が声を張り上げた。春子も精神的にやられ切っていた。しかし純も譲らなかった。

「だって、そうだろっ」

ほとんど反抗期がなかったと自負している純は、親にこんなに悪態をついたのは生まれて初めてのことだった。食卓に重苦しい沈黙が落ちた。

「まあ、そう言うなよ……」

春子とは対照的に、正志は力なく純を諫《いさ》めた。

不倫家は、殺人事件の被害者遺族であるということも忘れてしまうほど、さらなる不条理の渦中に放り込まれていた。


ネット上で話題になっていることに目をつけ、それをソースに週刊誌が不倫家の内情を書き立て、ワイドショーも取り上げた。典型的な現代社会の病理を宿した家庭として。

純は大学にいっても、講義中でも、注目の的になっていた。何千人といるはずの大学内で、面識のない生徒にまで、自分が事件の被害者遺族であることは知れ渡っているのだなと悟った。とても勉強どころではなかった。SNSで広まっている純に関する情報の出所の一つが自分の身近な人間であるというのは間違いなかったが、それが誰かわからないということが何より恐ろしかった。ずっとつるんでいた友達が、どこかよそよそしくなったように感じられた。

「あなた不倫純さん……ですよね?」

「少し、お話聞かせていただけませんか」

外を歩けばまるで芸能人のように声をかけられることが日常茶飯事になった。純は性格上、なかなか無下にすることもできなかった。中には同情するような言葉をかけてくれる人もいたが、どこかそんな人にも野次馬根性が感じられるようで、素直には受け取れなかった。

誰も信じられなくなった。

「……おーい……おーい、ちょっと待ってくれないか」

背後から呼び止める声に振り返って確認すると、駆け寄ってきた声の主はポロシャツにチノパン、革靴という姿の男だった。小脇にはセカンドバッグを抱えている。髪は短く黒髪でまとめられており爽やかだ。年恰好《としかっこう》が自分に近く、大学の先輩だったとしても不思議はないなと純はぼんやり思った。

男は純の目の前までやって来ると、体を折り曲げてはあ、はあ、とまずは切れた息を整えた。汗が一滴アスファルトに落ちる。

一体自分に何の用だろう、道に迷ったんだろうか、などといった可能性を純が考えていると、

「私、こういう者です」

すぐにピンと背中を伸ばし、感じのいい笑顔を浮かべて名刺を差し出してきた。思わず受け取り確認すると『フリーメディアディレクター　イトウ・ユズル』と書かれ

ていた。

純はすぐに了解した。いかにも流行の最先端にいそうな、英単語をくっつけた胡散《うさん》臭い名称をしたその仕事がどんなことをするものなのかは、正直わからない。だが何のことはない、一見それらしくなかったから警戒が緩んだが、この男も不倫家をさんざん追いかけまわしてきたマスコミ関係者の一人だった。お人好しの純は、もう何度もこんな目に遭っているのについついまた騙《だま》されてしまった。

純は前だけを見て歩調を速め、男を引き離すように歩き出した。

しかしマスコミの人間というのはなかなか引き下がらない。純がどんなに無視をしても、並走してついてくる。

「ヤマダの息子の事件を、自分なりに調べて報道したいんだ。協力してくれないか」

男は歩きながら純に語りかけ続けた。

「今のマスコミのやり方は同じ業界の人間としてゆるせない。不倫さんは大変な思いをされているよね」

いつまでもついてくる男に、根負けしたように次第に純の歩調が緩んでいき、ついに道の途中で立ち止まった。受け取った名刺を両手で持ち、まじまじと視線を落とす。

純が次に何を言うのか、男は傍らで待ち構えた。

「あなたもイトウ……ですか。いいな、普通の名字の人は」

思わずそんな感想を漏らしていた。

「え？」

「クリエイターの人って、なぜか名前を片仮名にする人多いですよね。あれ、なんでですか？」

「ああ、そういえば、言われてみればそうだねえ」

苦笑いを浮かべる男をその場に置いて、純は立ち去った。ようやく察してくれたのか、それ以上は追いかけて来なかった。

もう、ただそっとしておいてほしかった。


事件発生以来、純と愛は初めて待ち合わせした。いつも純から連絡を送っていたのが、初めての愛の方からの誘いだった。場所は前回会った時と同じ店でということになり、ちょうど中断されたデートの再開をするようなかたちになった。

注文したアイスコーヒーとミルクティーが運ばれてきて落ち着くと、純から会話を切り出した。

「そういえば、この前は途中で帰ったりしてごめん」

「ううん。ネットで見た。いろいろ大変みたいだね、今」

「うん、本当そうなんだ」

純は、はは、と苦笑いを浮かべた。今の自分は我ながら弱々しくて情けない顔をしているのだろうなと思いながら。

「不倫君、この前、お父さんとお母さんと三人家族って言ってなかった？　叔父さんが一緒に暮らしてたんだ」

「叔父さんのことは、隠してたわけじゃないんだ。いつか、時機が来たら言おうと思っていて。でもほら、聞いたと思うけど、うちの叔父さんあんなだからさ。言いづらくて。叔父さん、いい歳して彼女だって一回もできたことがないと思うし」

「そうなんだ」

純は必死で弁解した。しかし愛はそんなことには興味なさそうで、どこか上の空だった。しばらく手の中のグラスを見つめていた愛が、視線はそのままで搾り出すように言った。

「あのさ……私達、ちょっと距離置かない？」

「え」

「こんな時に悪いけど……でも、不倫君もおうちのことがあるだろうし。事件の前から考えてたの。お願い。しばらく落ち着くまででも、ちょっと考えさせて」

気まずい空気に耐えられないのか、それだけ言い置いて立ち上がろうとする愛に、追いかけるように純は言った。

「それって、俺の名字のせい？」

「どういう意味？」

「やっぱり、こんな名字だから？　愛ちゃん、俺と結婚すると、名前が『不倫愛』になるじゃん。それが嫌になった？　俺がもっと、普通の名字だったら……」

自分でも、嫌味な口調になっているという自覚はあった。そんな純に対して愛はわずかに表情を曇らせ、

「……もういい……」

溜め息とともに呟いた。

「とにかく、そういうことでお願い」

荷物を手に取り立ち上がった愛を、それでも純は言葉を続けた。

「俺は今でも愛ちゃんが好きだよ、だからできればこれまで通り……っ」

しかし愛は耳を貸そうとはせず、振り切るように出て行った。

布団に入っても、純はどうしても寝付かれなかった。そんな夜がもうずっと続いていた。事件のこと、連日の嫌がらせのこと、メディアのこと、愛のこと、考え出すと頭が空回りし続けた。

子供の頃から、自分の名字が嫌だった。どこにいっても注目され、驚かれ、聞き返

され、馬鹿にされる。芸能人が不倫報道をされるのが憂鬱だった。絶対にからかわれるからだ。自分と同じ名字の人に、家族以外で出会ったこともない。

ずっと、なれるものなら普通の名字になりたかった。同じ名字を持った仲間に憧れた。でも男だから、きっと一生この名字は変わらないのだと思って諦めてきた。

自分の喉が渇いていることに気づき、気晴らしに水でも飲もうと思ってベッドを下りた。

自室を一歩出たところで、目の前の光景に思わず目を疑った。

向かいの部屋からうっすら明かりが漏れていた。それは亡くなったはずの誠次の部屋だった。

純はその部屋の中を子供の頃から数回くらいしかのぞいたことがない。ほぼ常にそこに誠次が籠っていると思うとどうしても敬遠してしまった。自室から廊下を挟んで斜め向かいにあるそのドアを、視界にも入れないようにしてずっと過ごしてきた。

まさか心霊現象だろうか、などとなかば本気で考えながら恐る恐る近づき、ドアノブに手を伸ばした。少しだけドアを開け、隙間から中をうかがう。

とにかく雑然としていた。あらゆるモノが散乱している。一人の人間がほぼ二十四時間過ごしていたら荒れ果てもするのだろう。空気も澱《よど》んでいる。誠次がそこで生きて暮らしていた空気が、まだたしかに残っていると感じた。

その部屋の真ん中に、人影があった。正志が座っていた。純に対して背中を向けている位置で、最初は何をしているのかわからなかった。ぽっかり一人分だけ空いた床に胡坐《あぐら》をかいて、少しだけ顔を伏せ、よく見ていると、その肩がわずかに上下しているのがわかった。

正志は泣いていた。全くの下戸であるはずだが、傍らにはビールの缶が数本転がっていた。

誠次が好きだった、アニメの女の子のポスターやフィギュアや抱き枕に四方を囲まれながら。正志は声を殺して泣き続けた。

純はゆっくりドアを閉め、足音を立てないように、もう一度引き返した。部屋に戻り、布団をかぶっても、やはりなかなか寝付けなかった。それどころかさっきより目が冴《さ》えてしょうがない。見てはいけないものを、見てしまった気がした。

事件以来、連日ああしていたのだろうか。

純の見たこともない正志の姿だった。誠次のことは、長年の家族の悩みの種だとばかり思っていた。実の弟とはいえ、正志がこんなにも打ちのめされていたとは思ってもいなかった。自分が一人っ子だからわからないのか。父親は人づき合いをするより研究している方が好きなタイプで、滅多に感情を露わにすることのない、とにかくクールという印象の人だった。

十年以上前に、父方の祖父が亡くなった。あの時の葬式の席でだって正志は涙一粒見せていなかったはずだ。それなのに。

正志のその夜の姿は、純に今日まで生きてきて最大級の衝撃を与えた。

3

不倫家は事件に巻き込まれて以来、警察の人間との関わりが増えた。これまでずっと殺人事件などと無縁で暮らしてきた一般市民にとって、言わば無理矢理針路変更させられて突入した、想像もしていなかった日々だった。今日も警視庁の刑事が家を訪ねてくる。見るからにベテランそうな中年と若い男の二人組で、現時点での捜査の進捗状況についてや、何か新たに気づいたことがないかといったやり取りを両親と純に行った。その対応はいつも正志が代表して行ってくれる。純はいまだにドラマか何かのように思えて現実感がなくて、ただ背後から正志の背中を見つめてばかりいた。そうしていると、何があってもきっと大丈夫と安心することができた。

「えーっと、改めて確認なのですが、みなさんがその日、どこで何をしてらっしゃったか、おうかがいしてもよろしいですか」

「あの、それって疑われてるってことですか」

即座に春子が眉根を寄せ、不信感を隠さずに問い返す。

「いいえ、あくまで形式的なものなんです、お気を悪くなさらないでください」

この切り返し方もまた形式的なもののようで、刑事は一切動じない。

誠次が殺害されたと推定される時刻は深夜であり、三人ともこれといったアリバイは証明できなかった。

「亡くなられた誠次さんは、いわゆる、引きこもり……だったのですよね」

「はい、そうです」

そこで刑事二人はお互いに確認するように一度視線を交わした。

「大変だったでしょう。ご家族の方としては」

「何がおっしゃりたいんですか」

引きこもりの身内という存在の重さに耐えきれなくなって殺してしまったのではないか。言葉にこそしなかったが、刑事がそういう仮説を立ててものを言っているのは伝わった。ネット上でも、周囲の人からもさんざん言われてきたのだ。実際過去にそういう事件が起きた時などは、そのニュースが流れると両親と純の間がいたたまれない空気になったのも事実だった。

警察が捜査をする上では避けては通れない筋の通った発想であることを、いちおう純は理解した。しかしその一方では、先日目撃した、亡くなった誠次の部屋で涙にくれる正志の姿が頭を掠《かす》めた。

互いにたいした収穫はなかった。警察も捜査で目覚ましい成果は上がっていないようだった。滞在時間三十分ほどで一通りやり取りを終えると、刑事二人は不倫家の客間を後にした。

帰り際、年配の刑事が玄関で何かを思い出したように靴を履こうとする手を止めた。

「そうだ」

刑事は、判子、と小さく口の中で呟いた。純はたしかにその声を聞き取った。

「『不倫』って、ちょっと、その、変わった名字でいらっしゃいますよねえ」

「はあ」

正志は間の抜けた相槌を打った。その指摘自体は、純も生まれた時からずっとされてきたものだ。しかし今さらこの段になってこのタイミングで、というのがどうも不自然に感じられた。

「判子なんかは、どこで買われているものなんですか。なかなか売っていないでしょう。やはり特注で？」

「判子……ですか」

「差し支えなければ、どこのお店か教えていただけますでしょうか」

「それが何か、捜査と関係があるんですか」

「いえ、たんなる私の興味本位なんです。すみません」

傍《そば》でやり取りを見ていた純は、そこで正志がわずかに掛けている眼鏡《めがね》を直すのを見逃さなかった。正志は少し考えてから言った。

「えっと……どこだったかな。インターネットで適当に頼みました」

「そうですか。失礼しました」

正志の答えに刑事は人当たりのいい笑顔を浮かべた。その会話を最後に刑事二人は家を出て行った。玄関で頭を下げて見送る父親の背中を、純はかすかな違和感を抱きながら見つめていた。


湯船にゆっくりと全身を沈めると、純はここ最近の疲れがどっととれていくのがわかった。風呂から出て、パジャマ代わりのTシャツとハーフパンツ姿でベッドに横になる。その状態でさっきからずっと、手の中にあるものを眺めていた。不倫家の実印だ。どうしても気になって、貴重品の仕舞われた引き出しからそれを持ち出してきていた。

純は子供の頃から、なんとなくこの判子が好きだった。

一度持ち出しておもちゃにして遊んでいたら、これはとても大事なものだからと母親にずいぶん怒られ、仕舞い込まれた思い出がある。そのせいか大人になった今でも、手にしているとどこか緊張感がある。

不倫という漢字を一般的な字体から読める程度に崩してあり、それが判子の円《まる》い縁の中で絶妙なバランスで舞いを舞うように浮かんでいた。判子というより、絵画を眺めているような、一つの芸術作品のようだとすら思った。そして紙に捺《お》せば、その見事な美しさが完全な形となって顕現する。

素人《しろうと》ながらに、すごい技巧だと感心する。

ずっと気にしていた個性的過ぎる自分の名字でも、この判子に刻まれた『不倫』の二文字なら、ずっと見ていられた。

さっきの正志と刑事のやり取りの中で、純は小さな違和感を覚えた。あの時、正志はとっさに嘘《うそ》を吐《つ》いた。無意識に眼鏡を直すのは、正志が動揺している時の癖だった。それに何よりこの判子を見ていれば、純にはわかる。これは決して、インターネットで適当に頼んだものなどではない。誰か、よほどの腕と、ものを創ることへの真摯《しんし》な姿勢を持った者が、丹精込めて彫ったこの世でたった一つの特別な逸品であるはずだ。

純の知っている父親は裏表がなく、率直で、決して嘘など吐く人物ではなかった。それがなぜ、あんなことを言ったのか。それも警察を相手に。

純は事件以来、父親である不倫正志という人物がよくわからなくなりはじめていた。

朝食を終えると、両親はそれぞれ用事で出かけていった。一人になった純は、正志の書斎に入った。

子供の頃、たまにこうして忍び込んで遊ぶことがあった。見つかっても決して怒るような父親ではなかった。

早速目当ての探し物をはじめた。しかしそれをここで目にしたのはもう十年以上前のことで、半ばダメ元のつもりではあった。

几帳面《きちょうめん》な性格の正志らしく、とても綺麗に整頓されていた。引き出しを開け、ファイルを開き、書類の束を捲《めく》っていく。やはりもうないか。探し方も投げやりになりながら、はじめてから三十分ほど経過した頃だった。

「……あった……」

クローゼットの一番奥の一角、ビニール紐《ひも》で縛ってまとめてあった古い書籍と雑誌を一つ一つ確認していて、ついに見つけた。

それは『TOP SPEED』というタイトルの雑誌だった。表紙には金髪に真っ赤な口紅を引いた、特攻服姿のレディースの女性がバイクに跨《また》がっている。改造されたバイクや車のグラビアを扱った、いわゆる走り屋向けの雑誌だ。

これを正志の部屋で見つけた時、幼い純は、こんな趣味もある父親をカッコいい、と純粋に思った。漠然と、父親の知らなかった一面を見つけたんだ、という程度に受け止めていた。

しかし、大学生である今にして思うことは全く違う。その表紙を見つめれば見つめるほど、理解に苦しむ。

あの父親が、好むはずがない。こんな、不良が読むような雑誌。なぜこんなものを持っていたのだろうか。

純は古い記憶を辿《たど》りながら埃《ほこり》が舞うのも気にせずパラパラとページを捲っていった。

そして巻末の方まできたところで、手が止まった。

「タトゥー……刺青《いれずみ》？」

その雑誌には刺青を特集するコーナーもあった。雑誌のカラーから考えれば、何の不思議もない。

しかし刺青などというものは考えただけで痛そうで、恐くて、歯医者も苦手な純はなかなか直視できなかった。

薄目を開けてこわごわ見ていくと、その一角の、毎号一人の刺青の彫り師を紹介しているらしい企画が目に留まった。

『一京太郎さん（24）』

「いち……？　じゃなかったら、はじめ、よこいち、いちもんじ、でかた？　にのまえ……ってことはないか」

表記の仕方からして、恐らくそれが名字なのだろうと思われた。しかし経年劣化して印刷が消えてしまったのか元からなかったのか、ふり仮名がついておらず純は首を傾げた。

無造作に伸ばした長い髪は金髪だが、根元から黒い髪が生えはじめていていわゆるプリン状態、顔の下半分にはこれまた頓着していないような無精髭《ひげ》を生やしている。Tシャツとアロハシャツにダメージジーンズという格好。その男は、一見やる気がなさそうなポーズで写っているが、眼光だけは、雑誌から飛び出して見る者を射抜いてくるような、圧倒的な鋭さ生々しさがあった。誌面の上からでも、ただ者ではないのが伝わってきた。

記事には男の作品という刺青も数点掲載されていた。

純は、思わずその作品に見入ってしまった。

刺青を見るのも苦手だった純が、その刺青だけは他とは違った。自然に鑑賞することができた。痛そうだとか、一生消せないとか、温泉やプールに行けなくなるといったことを頭が考える以上に、目を奪われた。ずっと見ていたいとさえ思った。純粋に、一つの芸術作品だと思った。

そして、あの判子に刻まれた文字にどこか似ていると感じた。

純は直感した。うちの『不倫』という判子を作ったのは、間違いなくこの人だと。

正志の部屋から持ち出した雑誌を片手に、翌日、純はそこに書いてあった住所の近辺までやって来た。何をするにも腰が重いと思っていた自分が、なぜこんなにも行動力を発揮しているのか、何に突き動かされているのか自分でも不思議だった。東京都内、それも日本最大の歓楽街のすぐ近く、雑居ビルが点在する地区だった。地図で見る以上に入り組んでおり、純は立ち止まってしまった。

しかし、純はいたって楽観的だった。きっと辿り着けるだろうという確信があった。ちょうど散歩中のような老人が通りかかったので、尋ねてみることにした。こういう人なら長年この土地に住んでいて詳しいのではないか。耳が遠いだろうかと思ったら、純の想像以上に達者そうだった。大きくうなずいてから、皺《しわ》の中の口を開く。

「ああ、京太郎さんね。はいはい、この近くに住んでますよ」

老人は丁寧に純の目的の場所を教えてくれた。それは純の予想通りだった。つまり、珍名の持ち主というのは地域で有名な存在であり、誰もがその存在を知っている可能性が高い。当然、家の場所など周知事項だ、本人が望むと望まざるとに拘《かか》わらず。不倫家もさんざん同じ経験をしてきた。純は老人にありがとうございますと深く頭を下げてその場所へ向かった。

「あった……」

辿り着いたそこは、使い古された一軒家のようだった。背の高い雑居ビルとビルの間に、瓦屋根の二階建ての一軒家があるのがなんとも不思議な光景だと思った。ちょっとした庭には手入れされた植木の緑ものぞいている。主の存在を証明するように、門柱に付けられている表札には、『二』とだけあった。しかし依然読み方はわからなかった。

そしてもう片側の門柱には、縦書きの看板が出ていた。どこか丸みのある書体で店名らしきものが書かれており、一見して、純は強烈な既視感を覚えた。

〈いれずみや〉

「いらすとや……じゃないよな」

タッチこそ違ったが、純はそれが自分の家の判子を彫った者と同一人物の感性によるものに感じた。元来感覚派の人間ではないと自覚しているが、すっかりあの判子に魅せられてこの作家のファンになっていた純には、根拠はなくとも確信があった。

勢いで来たはいいものの、この後どうするかというところまで考えていなかった純は、雑誌を手にして立ち尽くしてしまった。頭上には乾いた真昼の空が広がっていた。飛行機雲だけが前に進んでいく。

「帰れっ」

そののどかなワンシーンに、野太い硬質な怒号が突き刺さった。それと同時に、中から若い男女が押し出されるように飛び出してくる。

「痛《い》った〜……っ」

「ほら、いいからさっさと消えろ」

「えーっ、だってタトゥーの彫り師なんでしょ」

玄関の前で小競り合いが生じている。二人の後に、大柄な男が姿を現した。これが怒号を上げた張本人のようだった。

「いいから、帰れっつってんだろ」

男はそう言いながら二人を敷地の外まで追い立て、その場に仁王立ちした。

「ケッ」

男はまだ怒りが収まらないというように路上に一声吐き捨てた。純は恐怖を覚えながらも勇気を出して男の顔を確認すると、それはあの記事に載っていた、一京太郎という人物に間違いなかった。髪色はプリンから黒に戻してある。誌面ではわからなかったが、体軀《たいく》はゆうに百八十センチ以上はあった。

「たいやき……」

男は来ていたTシャツの裾を捲り上げており、露出した太い右の二の腕には、『鯛焼』という二字の刺青が入っていた。「勝利」「絶壁」「快便」、海外の人が入れていそうな漢字タトゥーを思わず純は連想した。

「あ?」

声を聞きつけられ、純は心臓が止まりそうなほど驚いた。

男が、純の姿を見つけた。純は怒号の瞬間、とっさに門柱の陰に身を隠していた。しかし敷地の外に出てくればそれは丸見えだった。視線を向けられただけで、まるで肉食獣に狙われた獲物のように身が竦《すく》み上がった。相手が口を開くより先に、純は謝罪していた。

「あ、すいません、今、帰ります……っ」

大きく頭を下げたものの、さっきのように怒鳴ってこない。その代わり、覚悟していたよりずいぶん優しい声が純の後頭部に振ってきた。

「……純……？」

「え」

「もしかして純か」

目の前の男は、答えられないでいる純に対してさらに大股でずいと一歩近づきながら、

「純だよな」

と続けてくる。いきなり自分の名前を呼ばれたことに純は混乱した。どう考えてもこの男との面識の記憶がなかった。まだ足元と向き合い続けている純に対して、そうか、こんなことになるような気はしてたんだよな……などと独りごちている。

「やっぱり覚えてねえか」

「イチ……さん、ですか？」

さっき目にした表札を思い出し、ゆっくり上体を上げつつ上目遣いしながら純は尋ねた。

「まあいいや、とにかく中、入れ」

男はマイペースを崩さなかった。純は片腕を捕まれ、ものすごい力で半ば引きずり込まれた。

4

そこは全体的に簡素な内装で、基調とされているのは白色、例えるならドラマで見かけるような町の診療所といった空間だった。やはり施術を行うからだろうか、隅々まで清潔さが保たれており、うっすらとではあるが薬品のものらしき独特な匂いもする。しかしそれから男の風貌を思い出し、あれは医師からはほど遠いな、と純はすぐに自身の発想を打ち消した。外観のイメージ通り建物自体は年季が入っているようだった。平成生まれの純はリアルには知らないが、昭和という表現がぴったりだと思った。

しかし、ここまではまだ想定の範囲内だった。純が目を奪われたものは別にあった。純は中央に立ち、思わずぐるりと三百六十度見回した。四方の壁に、無数の紙が貼られていた。それは習字の半紙くらいの大きさで、一枚一枚に筆で何かの漢字が書きつけられていたが、魔除《まよ》けのお札などではなさそうだった。

「居酒屋のお品書きみたい」

思わずボソッと見たままの感想を漏らす。頑固親父が下町でひっそりと営業している居酒屋。そんな風情を感じた。すると目の前の男がいきなり振り返り、

「あ？　なんか言ったか」

「あっ、いえ、あの……なんていうか、その刺青、感性がとてもアメリカン……ですねっ」

なんとなく言ってはいけないことだと判断し慌ててごまかした。

入るとすぐに待合室のような広い部屋があり、その奥に男が刺青の施術をするという部屋の扉があった。そこには純以外に、五、六人の先客がいた。卓袱台《ちゃぶだい》を置き、座布団や座椅子やソファを並べ、年配の男女が集まってお茶とお菓子で談笑している。

とても刺青なんてものとは縁のなさそうな、平和な雰囲気が漂っていたのが純には不思議だった。町の寄り合い所か何かのようだ。男に続いて入っていくと物珍しそうな視線を向けられる。

「カズさん、その子だれ。刺青……入れにきたように見えないから、判子、作りにきたの？」

「いいや。俺の旧《ふる》い知り合いの子供」

へーという声が上がるが、そのやり取りを聞きながら純もまた内心で驚いていた。

「カズ京太郎《きょうたろう》さんでしたか、失礼しました。ふるい知り合いって……？」

いいからそこに座ってろ、と顎で示され、純はその通りにおずおずと空いていた座布団に座った。男が奥へ入っていくと、取り残された純はこの後の展開が想像できずさらに不安に駆られた。そんな純に、そこにいた男の一人がにじり寄った。

「きみ、名前は？」

「あ、不倫純といいます」

「ほー、不倫。出身地はどこ？」

「僕は東京で生まれ育ったんですけど……」

父親の生まれ故郷を説明すると、そこにいた男女が納得したようにうなずく。純はスラスラと答えることができた。

名を名乗ると出身地を聞かれる、それは珍しい名字に生まれついた人間なら誰もが通る道だ。純も、もう何度となくこの質問を受けて慣れっこだった。

その中の一人、初老の男が軽く挙手して言った。

「あのな、不倫君。俺、『釈迦郡《しゃかごおり》』」

同時に店の壁に貼ってある自身の名字を指さす。

「え」

「俺は『無着下《むちゃつか》』」

「私は『傘《からかさ》』です」

「『鐵艸《かなくさ》』といいます」

同様にして他の者も名を名乗りはじめる。それらどの名字も壁に貼られていた。純は感心して聞き入った。

「みなさん……」

「俺はイチでもカズでもない」

全員の自己紹介が終わる頃、大きな音を立てて足で引き戸を開け、日本茶を入れて男が戻ってくる。純はまた慌てて背筋を伸ばし振り返った。

「よく間違われるがな。『一』と書いてまぶた、一《まぶた》京太郎だ。ここで刺青の彫り師やってる」

「『まぶた』……。そんな読み方もあるんですか。でも、なんでだろう」

「『目』って漢字は文字通り人間の目の形を表した、象形文字ってやつだよな」

「はい」

「同じように、まぶたを閉じると人間の目は横一本線になるだろ。そのかたちからつけられた読み方らしい。まあ、俺と俺の親の他に会ったこともないがな」

「あれ、でもさっき『カズさん』って」

「ああ。ここの連中はみんな呼びやすいからって、本来の呼び名じゃなく、『一』をカズにして呼んでるだけだ。しかしよく来たな」

細い目をわずかだがさらに細めてそう言う一《まぶた》に、純はとりあえず拒絶はされていないようだと理解した。あ、どうも、いただきます、と差し出された湯飲みを受け取る。横からはお茶菓子もすすめられる。純はこんなにも至れり尽くせりの待遇を受けるとは思ってもいなかった。

「そんなに恐がらなくてもいいよ。この人、こう見えて意外と優しいから」

「まあ、カズさんはたしかに気難しいとこあるからなあ。さっきだって、せっかく来た若いカップルのお客さん追い出してただろ。自分の認めたお客さんじゃないと断っちゃうんだよ」

「ただでさえ刺青入れにくる人なんて少ないのに、それも断っちゃうもんだから、ここはいっつもカツカツなんだよ。どうもその道では名の知られた腕利きらしいってのにねえ。もったいないこった」

「ほら、あれはタトゥーって言ってたからじゃない？　カズさん、刺青のことタトゥーって言う人にいつも怒ってるじゃない」

一《まぶた》は憮然《ぶぜん》としてこたえる。

「そういう奴らはな、たいていミーハーで何も考えてねえ馬鹿なんだよ。さっきの奴らの注文、『〝白い貝がらの小さなイヤリングもって走ってる森のくまさん〟のタトゥー入れてください』だぞ。なんだそりゃ。終《しま》いには、『どんな図案でも彫ってくれるんじゃないんですか～』だとよ。人舐《な》めるのもたいがいにしろ」

「それは……」

それは、店名が原因なんじゃ。いらすとやさんならなんでもラインナップがそろっているので。恐らくそれが真相であろうという確信があったが、純はまた自己判断で呑み込んだ。

「私達はね、このいれずみやの常連客。といっても、刺青は入れてないわよ。カズさん、刺青の他にね、判子造りもしてるから」

「ここに集まってるのは、みーんなカズさんに判子作ってもらってる、カズさんの顧客ってわけだ」

「そうだったんですか」

町の病院の待合室が近所の老人達の寄り合い所になるのと同じようなものだと純は理解した。

「じゃあ、もしかして、これって全部……」

純はもう一度紙の貼り付けられた四方を見回した。

「ああ、俺が判子として彫った名字だ」

「え、でも田中《たなか》とか鈴木《すずき》とか中村《なかむら》とかはどこにもありませんけど」

「この人ね、自分の気に入った、変わった名字の判子しか彫らないの」

「だからみなさん名字が……」

「ああ。ここに顔を出す連中は全員、普通に生活してたら滅多にお目にかからない珍名の持ち主ばっかかってわけだ」

　にわかに興味が湧いてきて、純はおずおずと一枚の紙を指さし一《まぶた》に尋ねた。

「じゃあ、例えばこれはなんて読むんですか」

「それは、『凩《こがらし》』だ」

「じゃあ、それは」

「読んで字のごとく、『娚杉《めおとすぎ》』と読む」

「じゃああの、なんだか可愛《かわい》らしいのは」

「『兎耳山《とみやま》』だな」

「は、ハゲ……？」

「『禿《かぶろ》』って読んでやれ、馬鹿野郎」

　そうしているうちに、純には腑《ふ》に落ちるものがあった。

「あの、もしかして、うちの判子もあなたが」

「ああ」

「やっぱり」

　純はここに来るきっかけとなった疑問が少しずつ解けていくのを感じた。

「俺な、昔、お前の家の隣に住んでたんだぞ」

「そうだったんですか」

「ああ。お前んちの横、今コンビニだろ。あそこに家があったんだ。うちの親、しょっちゅう留守《るす》しててな。少し歳離れてるけど、お前のお父さん達、正志さんと誠次さんには遊んでもらったりでずいぶん世話になったんだぞ。喧嘩《けんか》してきた時なんか怪我《けが》の手当てしてくれたりな。二人ともやたら傷の手当てが上手かった。幼馴染みたいなもんだ」

それは純が初めて聞く話だった。かつては誠次の引きこもりもそこまで深刻なものではなかったのか。しかし怪我の手当てなんて、純は春子からしかしてもらったことがない。あの誠次はもちろん、正志からもそんなことはない。

「特に歳の近かった誠次さんにはさんざんかわいがってもらった。誠次さん、子供が好きでなあ」

「子供が好きって……意味が違うんじゃ」

誠次の部屋で見た、アニメの美少女キャラ達が純の脳裏に浮かんだ。

「思えば俺達、不思議とウマが合ってな」

「オタクとヤンキーなら、真逆のベクトルで中二病《ちゅうにびょう》をこじらせてる者同士……ですからね」

純はしみじみと納得するところであった。

「俺がそもそもこの道に進んだの、誠次さんがきっかけなんだぞ」

「えっ、そうなんですか」

「俺、ずっと自分の名字が嫌いでなあ」

たしかに、その気持ちは純も共感できた。しかし、少し意外だった。この男なら名字のことをからかってくる相手などがいても、ぶん殴って終わらせてしまいそうだと思ったからだ。

「それである時、誠次さんが判子作りを教えてくれた。消しゴムとか、芋《いも》とかに彫るやつな。それから、日本にはいろいろな珍しい名字があるって教えてくれたんだ。俺はすぐ夢中になったな。それ以来、もうずっと何か彫り続けてる。でいつの間にか、刺青の彫り師にまでなってた、ってわけだ」

「オタクって珍しい名字が好きだし、ヤンキーは難しい漢字が好きですからね……」

「さっきからお前は何を言ってるんだ」

一《まぶた》はほとんど意味を理解していなかったが、純はゆっくりと納得を深めた。

「一回だけ、生まれたばっかのお前に会ったこともあるんだぞ」

「そうだったんですか」

そこで一旦言葉が途切れ、一《まぶた》は少しだけ眉根を寄せ、慎重にその話題に入った。

「まさか、誠次さんがあんなことに」

「はい……」

純はお茶菓子の煎餅《せんべい》に手を伸ばした。ほとんど無意識に、自分を落ち着けようとしていた。一口歯を立てると、ぽり、という音がした。

「……それで、もしかしたら、こういうことにもなるんじゃねえか……って予感はしてたんだよな」

「事件以来、特に父親が、なんだかおかしくなっちゃって。あんな父親、本当に初めてで」

「正志さんがな……」

二人のやり取りを聞いていた常連の一人、『梅干野《ほやの》』が横から口を挟んだ。

「不倫って、じゃあ、やっぱり今話題の」

正直、これ以上自分の素性を知られたくない気持ちはありつつも、純はためらいがちにうなずいた。

常連達の間に波紋のようにざわつきが広がった。

「ヤマダの息子……」

誰ともなく、その名を口にした。

5

ずっと静観しているようにしてそこにあった、いれずみやの壁に掛けられた大きな振り子時計が低い音で鳴り響いた。純はその音に思わず振り向くと、時計の針は午後六時を指していた。

「あ、もうこんな時間」

気づけば話し込んでしまい、予定していた滞在時刻を大幅にオーバーしていた。

「もう帰らないと」

「そうかあ」

『左衛門三郎《さえもんざぶろう》』をはじめ常連達が残念そうな声を出した。

一の話を聞くことができただけでも、わざわざここへ来た甲斐《かい》があったような気がした。きっと父親は、成長した幼馴染を一目見るためにあの雑誌を買い求めたのだ。

「やだなあ、家帰るの」

鞄《かばん》を手にして帰り支度しながら純は漏らした。

「気をつけてね」

「私達も他人事《ひとごと》じゃないからね。次は自分の番かも、ってみんな戦々恐々としてる」

「それで、みんなでここに集まってるんだ。いつ狙われるかわかったもんじゃないしねえ」

「あんな事件が起きる前から集まってただろうが」

一《まぶた》はすかさず訂正した。

「俺、なんだか恐くて」

純は不安げな視線を窓の外へ向けた。事件が起きて、家族以外の誰かに胸の内を聞いてもらったのはこれが初めてだった。

「俺達家族がこんな思いしてるのに、世間の誰も、助けてなんてくれなくて。それどころか、みんなおもしろがってるように見える。俺達一家だけが、孤立したみたいで」

「そりゃそうだろ」

純の発言の余韻などかき消すように『天魔《てんま》』は即座に言い放った。

「そんなあ」

「情けねえ声出すなよ。冷たいもんだぞ、世間なんざ。考えてもみろ。ほとんどの奴らなんか、どこにでもある一般的な名字だからな。ヤマダの息子って野郎が狙うのは珍しい名字だけなんだろ。絶対に自分達は狙われないって、確信あるんだろうな。だから高みの見物してられんだよ」

「たまたま、珍しい名字に生まれただけなのに」

諦めたように深くうなだれた純の体を、横から常連達がバシバシと叩《たた》く。

「大丈夫、私なんて『住母家《すもげ》』だよ」

「俺なんて『善茂作《ぜんもさ》』だぞ」

よくわからない慰めだったが、純は思わず笑みが零れた。

「……なあカズさん……」

「ん？」

「ヤマダの息子捕まえてよ」

「そうだよ、警察なんてあてにならない。カズさんならできるんじゃない」

次々と常連達から声が上がる。さっきからこの強面《こわもて》の大男に対して、彼らがずいぶんと気安く接していることが純には信じられなかった。

「んー……」

一《まぶた》は腕を組み、伸ばした顎の髭をいじっていた。


「ただいまー」

夜になって帰宅した純が玄関から声をかけると、春子が顔を出した。

「遅かったわね。何してたの……」

「お邪魔します」

春子はもう風呂にも入っていて寝巻き姿だった。純の背後に立つ人物を見るなり、目を丸くした。

「お父さーん、ちょっと出てきてー！」

すぐにもう一度引っ込み、慌てて正志を呼びに行った。しばらくして春子と一緒に顔を出した正志も、眼鏡の奥で目を瞠《みは》った。

「京太郎……」

一《まぶた》が真顔で会釈する。

「正志さん、春子さん、久しぶり。ご無沙汰してます。夜分に突然すみません」

「そんなことはいいよ、さあ上がって」

「そうよそうよ、一《まぶた》さん」

春子が慌てて客用のスリッパを用意する。正志の顔にゆっくりとではあるが喜びの色が広がっていく。ここしばらくの間で、いつも無表情な正志のいろいろな感情を純は見た。人付き合いの悪い正志の旧知の相手というのもこれまでにないことだった。

一《まぶた》は茶の間でまず誠次の遺影が置かれた仏壇に手を合わせ、それから胡坐をかいて純の両親に向き直った。

「もう、いきなり尋ねるなんて……本当に純がご迷惑をおかけしました」

春子は寝巻きから簡単な部屋着に着替えていた。

「いいえ、そんな。むしろうれしかったっすよ。しかし、このたびは……大変みたいですね、色々と」

一《まぶた》は入ってくる前に、不倫家の玄関にされた落書きも目にしていた。両親ともに苦笑いを浮かべることしかできなかった。言葉を選ぶようにして、正志が口を開く。

「実は、何のためなのかわからないが、事件を捜査してくださってる警察の人に、うちの判子について聞かれてな」

「そうだったんすね」

「京太郎の迷惑になってはいけない、と思って、とっさにごまかしてしまったよ。ほら、お前のところはヤクザの方も出入りしているんだし。……それに、お前自身、できればもう……警察と関わり合いになんか、なりたくないだろ」

「すみません、俺のために」

久しぶりに再会した者同士、ぎこちない空気が流れた。沈黙の中、どこかの家で飼われている犬の遠吠《とおぼ》えだけが夜の町に響いている。

「これからどうしたら……」

正志も春子も思わず深い溜め息を吐いた。そんな二人の様子を鋭く見つめていた一《まぶた》が口を開いた。

「あの、正志さん、春子さん」

「ん？」

「俺に、何かできることありませんか」

「というと……？」

「俺、ガキの頃、正志さんと誠次さんにはさんざん世話になりましたし、こんな時こそ何か力になりたいんです。遠慮せず、なんでも言ってください。恩返ししたいんです」

「いや京太郎、ありがとう。その気持ちだけでうれしいよ」

唐突な一《まぶた》の申し出に正志は当惑した様子だった。すると横から口を開いたのは春子だった。

「……あの……じゃあ、純のこと、しばらく面倒見ていただけませんか」

「えっ」

春子の提案に、真っ先に声を上げたのは正座した足をモゾモゾさせていた純本人だ。正志も目を丸くした。

「いや、しかしさすがにそれは……」

正志はまた眼鏡を直しつつ、遠慮して断ろうとした。しかし正志のその反応も、春子は予想済みだったようだ。

「いいっすよ、任せてください。ほとぼりが冷めるまでですよね。いざとなったら、俺が絶対守ってみせます」

「ぜひ、よろしくお願いします」

一《まぶた》と春子で話を進めていく。それでも正志は固辞しようとした。

「おい、さすがに迷惑だろ」

「いいのよ、あなたは黙ってて」

春子は正志をやんわりと押し退《の》けた。

純には少し意外だった。これまでずっと、春子は正志につき従い、家族の決定は常に正志が厳然と下してきていたからだ。それが今や、二人の立場が完全に入れ替わってしまっている。

そんな両親の後ろで、当事者の純は意見など挟めるはずもなかった。

6

一《まぶた》の本業は彫り師だが、客が来ても気に入らない図柄だと断ってしまう上に、一切店の宣伝などもする気がないため、普段は注文を受けたオーダーメイドの珍名の判子を作っていることの方が多い。このいれずみやの建物は一《まぶた》が開業にあたって物件を探している時に見つけた掘り出し物で、周囲が開発される中、六十年以上残り続けた民家をほとんど居抜きで購入したらしい。純はしばらくそこで生活することになり店番を任された。アルバイト扱いで時給も出るとのことだった。それで受付の席に座り出したものの、たいていの日はほぼ一日仕事などなく、これで経営はやっていけているのだろうかと余計な心配をするほどだった。近い将来、判子制度が廃止されるかもしれないことも純の懸念材料だった。一《まぶた》がそこまで気にかけているとは思えない。今のうちから一《まぶた》に、刺青と判子に次ぐ三足目の草鞋《わらじ》を履くことを提案するべきだろうかと本気でプランを練ったりもした。

しかし、その一方で純は自分の都合を考えると、この経営状況に安堵を感じてもいた。そもそもこういったところで働くことは内心乗り気ではなかった。バイトはコンビニで経験があり、生来の真面目な気質から労働は一切苦ではなく、その働きぶりから社員に誘われるほどだったが、刺青の彫り師の下で働くというのは全くの未知の領域であったし、何よりどうしても保守的な純の頭では反社会的な印象が付きまとってしまい、それが気がかりでならなかった。最悪、このバイト歴が知れたら公務員試験の際に支障があるのではないか、もしそうなったらどうすればいいのかを考えては頭を悩ませていた。いっそ客など一人も来ないでほしいとすら願っている日々だった。

「だから、ダメだっつってんだろ。わかったらとっとと失《う》せろ」

一《まぶた》の怒鳴り声が聞こえてくる。こんなことも日常茶飯事だ。しかし純はいまだになかなか慣れることができず、そのたびに飛び上がるように怯《おび》えてしまう。すぐに追い出された客が姿を現し、飛び出していく。

いちいち声が大きく、どこか乱暴で、純が理想とする、冷静沈着で知的な、つまり父親のような人物とは対極に位置している。だからこれまで純が決して関わらないようにしてきた人種。一《まぶた》京太郎という男と付き合いはじめてからというもの、純の中で日に日に疑念が膨らんでいた。

本当にこれがあの、見惚《みと》れるほどの不倫家の実印や、目を奪われんばかりの刺青の数々を彫った人物なのだろうか、と。

「いったい、今日はどんなお客さんだったんですか……?」

「『流されないように体に海藻巻いて寝てるラッコ』のタトゥー入れてくれだとよ。ったく、ふざけやがって。どういう感性してやがんだ」

「へ、へえ……」

二の腕に「鯛焼」の字を刻んだ一《まぶた》がぼやきながらまた店の奥へと引っ込んでいく。

そんなに頭にくるなら店名を変えたらどうか。例えば、もっといかつい入りづらそうな名前に。ここ最近、純は一《まぶた》にそう進言しようかとずっと悩んでいる。

「邪魔するぞ」

「あ、いらっしゃいませ」

純は手が空いている時は、主に公務員試験の勉強に充《あ》てていた。参考書を読んでいると、スーツにノーネクタイで胸元を開け、アクセサリーをのぞかせた男がぬっと入ってきた。中肉中背ではあるがどこか緊張感を漂わせており、一目でカタギではないのだろうなとわかった。純の一番苦手な、一《まぶた》と同じ匂いがする。

そのまま男が勝手知ったる様子でズカズカと店の奥へ進んでいくのをぼんやりと目で追い、自分の業務を思い出して純は慌てて引き留めた。

「あ、あの、お客様、ご予約はしていらっしゃいますか。お名前をおうかがいしてもよろしいでしょうか」

刺激しないようできるだけ丁重にそう問いかけると、

「佐藤《さとう》だ」

「佐藤さん……え⁉」

「あ？　なんかおかしいか」

「いえ、なにもおかしくないです……」

「ニイちゃん、初めて見る顔だな」

佐藤と名乗ったその男は興味を持ったように、一重まぶたの鋭い眼光で純をまじまじと見つめた。

「はい、先日から、こちらで働かせてもらってます……」

純は決して男と目を合わせないようにしながら途切れ途切れに答えた。

「ふーん。ニイちゃんの名前は」

「え、あ……不倫、純です」

すると佐藤は眉間に皺を寄せ、それから片方の眉を跳ね上げた。

「不倫⁉　不倫ってあの不倫か？　アネさんがいながら他の女に手を出すヤツ」

「はあ、そうです、その不倫です」

純がうんざりしながら答えると、佐藤は豪快に笑い声をあげた。

「そうかそうか、いいよお前気に入った」

名字を名乗って笑われることは純にとっては慣れっこではあった。笑いながら肩を叩かれ、それがものすごい力で思わずよろける。

店の奥へ入っていく佐藤の背中をうんざりしながら見つめていると、やり取りを見ていた常連の一人『雨乞《あまごい》』が言った。

「あれは佐藤龍毅《たつき》っていって、ここら一帯を取り仕切ってるヤクザの『佐藤組』の若頭なんだよ」

「へえ……いかにもって感じですね」

「ほら、刺青といったらやっぱりヤクザだろ。あそこの組員はカズさんのお得意さんなんだ」

ここ最近、珍名の人間とばかり出会っていたせいで、純はごく普通の名字に逆に意表を突かれた。

「しかしそんな名字ならヤマダの息子に狙われることもないいんだろうなあ。いい気なもんだよな」

常連の一人がそんなことをこぼし、皆がうんうんとうなずいた。視線を感じた気がして純が振り返ると、若頭の佐藤がこちらへ射るような眼差《まなざ》しを向けていた。

暇を持て余した常連達の雑談の相手をするのも、純の仕事の一環だった。それどころか、それがいれずみやでの大部分を占めているといってもいいほどだった。

「ところで不倫君、君こんなところでバイトしてるけど、彼女はいるのか」

「いちおういます。けど……最近、距離を置こうって言われました。俺、どうすればいいですかね……?」

「いつか不倫君の良さをわかってくれる人が現れるって」

「そうだそうだ」

「ありがとうございます『蓼《たで》』さん、『悪虫《あくむし》』さん」

「もっと自信持ってドーンと構えてろよ」

「そうですね、『金持《かねもち》』さん……」

「男は顔じゃない、トークだよ」

「勉強になります、『面白《おもしろ》』さん」

「俺が色々伝授してやろうか」

「お願いします、『快楽《かいらく》』さん」

「大丈夫だよ、なんとかなるって」

「拝ませてください、『幸福《こうふく》』さん……」

　純に珍名の可愛い子を紹介してくれるという話まで持ち上がった。『夏焼《なつやき》』、『嗣永《つぐなが》』、『上國料《かみこくりょう》』、『道重《みちしげ》』、『鞘師《さやし》』、『豫風《よふう》』、『譜久村《ふくむら》』、『小数賀《こすが》』、『為永《ためなが》』、『加護《かご》』…みんなアイドル並みだという。

「みなさん、ありがとうございます。でも俺、やっぱり彼女のことがまだ好きなので……。あーあ。俺の名字が、『愛須《あいす》』とか、『恋中《こいなか》』だったらなあ」

「不倫君、わかるよその気持ち」

「ありがとうございます『浮気《うわき》』さん‼」

他愛もない話題ばかりだったが、純はいつの間にかこの場所で居心地の良さを感じはじめていた。

この社会でずっと漠然とした寄る辺《べ》なさのあった純にとって、ここには生まれて初めて出会った、家族以外の同胞とも呼べる人達がいると思った。

7

「事件の性質から見て間違いなく計画的な犯行なんだよな。それもかなり下準備してやがる……」

刺青の客のいない時、判子を彫りながら一《まぶた》はひたすら事件の推理をした。純はいつものように公務員試験の勉強をしていると、

「なあ」

ふいに一《まぶた》が呼びかけてきた。当然、相手は純だ。

「おい。お前はどう思うよ」

「あっ、はい、えーっと……」

純は読んでいた参考書を伏せて答えた。推理などできる自信がないから、内心、困る。

「うーん……頭がいいんでしょうか、犯人、ヤマダの息子は」

「ああ。イカレた野郎ではない。やってることはクレイジーだが、意外とボロを出しやがらない。十代くらいのイキがってるガキができそうなことじゃない。おまけに、拳銃まで使ってるわけだからな」

「それと、事件は全て都内で起きてますね。珍名なら地方にもいろいろありそうです

けど」

「わざわざ土地勘がないところへやってきて人殺したりしねえだろ。それに、こういう事件を起こすと計画していたなら、一番都合がいいのは全国各地の人間が集まる東京だろう。っつうことはだ、ヤマダの息子も、都内在住だろうな」

「あとは……そうだ、動機は何なんでしょう」

「一番わからないのは、そこなんだよな。なぜ、なんの関係もない人間を立て続けに殺す？ 唯一の共通点は、この事件の一番の特徴でもある、被害者全員珍名である、ってことだ」

「例えば、原《はら》さんが腹《はら》を裂かれたり、小野《おの》さんが斧《おの》で殺されたり、五十嵐《いがらし》さんが五十回刺されて殺されたりは、しない。なぜなら、珍名ではないから」

「スラスラ思いつくんだなお前……」

「そうですか？」

一《まぶた》が純に対して初めてわずかにたじろいだ瞬間だった。

純は、自分でも少しピントのズレた感想だと思いながらも、何度もキレているところを目撃していた一《まぶた》が、思いの外《ほか》理性的、論理的にものを考えることができる人物であるということに内心驚いていた。一《まぶた》の推理は聞いていると納得するばかりで、頻《しき》りにうなずかされた。

「あ～もう、わけがわかんねえ」

頭を掻《か》きむしり煮詰まりはじめた一《まぶた》に、純がおずおずと口を開いた。

「……でも、もう一つあるかも……被害者の共通点」

「あ？」

一《まぶた》が掻きむしる手を止めて純に注目した。

「あの、ネット上で、言われていることですけど」

純は確認するようにスマホを操作しながら続けた。

「実は、最初の被害者の木乃伊さんは警備員ですが、元は教師だったらしいんです」

「それが？」

「N市いじめ自殺事件、ってご存知ですか」

「いんや」

「数年前に中学生の男の子が自殺したんです。残された遺書からその子がひどいいじめを受けていたことが発覚して、ネット住民達がその子の周辺を調べ上げた。その結果いじめていた生徒全員突き止められ、制裁として一人一人の住所氏名、顔写真、親の職業まで、ネット上に全部晒されたんです」

一《まぶた》の顔がいかにも気分悪そうに歪《ゆが》んでいった。純は続けた。

「その時、クラスの担任だった教師もいじめを見過ごし、自殺があった後も加害者を庇《かば》うような発言をしたとして批判の的となり、同じように個人情報を暴かれました。その教師が、最初に殺された木乃伊さんだったんです」

　そこで一旦言葉を切ってみたが、一《まぶた》からは何も返ってこない。話を続けろという意味だと純は解釈した。

「二番目の被害者の波水流さんは、いわゆる、バイトテロ動画ってやつです。大学生の頃、バイト先の居酒屋で、売り物の魚介類を使って女体盛り……のようなことをやって、その画像をSNSに載せたんです。当然批判が殺到して、すぐに投稿は削除したらしいんですが、やっぱり載せていたプライベートの情報から素性を暴かれてしまった。それで結局、当時内定していた就職もパーになったみたいです」

「上水流《かみずる》、下水流《しもずる》といるが、波水流……とはなあ」

　相変わらず一《まぶた》は聞いているのかいないのかよくわからない。

「そして、三人目である僕の叔父は、引きこもりでしたし」

「それが共通点……って言いたいのか」

「はい。ほら、ミステリーなんかで最近お決まりになってるアレですよ。法律では裁かれない存在を、歪んだ正義感で処刑する犯人……みたいなやつ。ヤマダの息子は、珍姓というだけじゃなく、そういう人間を選んでるんじゃないかっていう説が、今かなり支持されてるんです」

「でもなあ」

一《まぶた》は腕を組み、釈然としない様子で一言、

「……過去を持たない人間なんていんのかよ……」

純に言ったのではない、それはほとんど独り言だった。

「四人目はどうなんだよ？　この前、誠次さんの次の被害者が見つかったよな」

「はい。その四人目なんですが」

つぎはガキごろし　ねこごろし
はずかしい　はずかしい
ちゅうぼうはじんせいのあんこくじだい
おとなになっても、もだえくるしむだけ
おれもずっとずっとしにたかった
だからこいつもころしてやった
ねこもいっしょにころしてやる
さあ　これでおやガチャのやりなおしだ
おわらないリセマラだ
てんせいしろ　めぐまれたいえのこに

「たしかまだ中坊だったはずだ。十四、五歳のガキに、今、お前が言ったような暴き立てられるほどの素性があるとは考えにくいが」

誠次の次に起きた、四人目の殺人の被害者は男子中学生だった。これまで被害者は全員大人だったからこそ、ヤマダの息子は子供まで狙うのかと改めて世間が震撼した。現場には、撲殺された少年の死体の横に、猫の死骸が置かれていた。

「そうなんです。ネットを見る限り、被害者の同級生の書き込みもありましたが、口をそろえて言ってるんですよね。あいつはめちゃくちゃいい奴だった、って。陸上部で全国大会に出るくらい活躍してたらしいし」

「現場に落ちていたように、生き物殺してたわけでもないんだな。でも、それならなんで猫なんだ？」

「それに関しては一つ興味深い推理を見ました。シリアルキラーは、人間の前にまず動物を殺しはじめることが多いらしいんです。だからあれは、ヤマダの息子自身のそんな暗黒時代を被害者の中学生に投影して見たんじゃないか、って。とりわけ、猫に深い思い入れがあるんじゃないか……とも」

「そういや、被害者の名字はなんだったっけか」

「そう、そこなんです。そこがポイントなんですよ」

「なんだ？」

「四人目の被害者の名前は『黒歴史』、黒歴史洸希《くろれきしこうき》君なんです」

「そうだったな。で？」

「そのものズバリ、黒歴史、誰にも明かせない恥ずかしい過去のことですよ」

「なんだそれ……まさかそれだけかよ」

一《まぶた》は普段なら決して見せないような顔でぽかんと口を開けた。純もそれ以上言えることはなかった。

「あ、はいいらっしゃいませ……」

そこへ新たな来客があり、すぐさま純は笑顔を作って対応しようとした。次の瞬間、全身が固まってしまった。それは見覚えのある人物だった。

純の家にやって来た刑事の二人組が、驚きで目を瞠っている。当然二人も純の顔は覚えていた。すぐに純は、しまったと顔を背けたが遅かった。

「おや、君はたしか……三番目の被害者の、えっと、甥御《おいご》さん。こんなところでお会いするとは思いませんでした」

純は父親がしたごまかしは、この年配の刑事にはバレてしまっていると悟った。

「聞いたところによると、ここは刺青を入れるだけじゃなく、判子も彫ってるんですよねえ……？」

純に向けて嫌味っぽく確認する。

「あ、いえ、ここは」

純はなんとかごまかそうとしたが、そんなものは聞く気もないといった様子で、二人の刑事は名字の貼り付けられた壁をぐるりと見回している。

「なんか居酒屋みたいだな」

年配の刑事は見たままの感想を口にした。若い刑事もウンウンとうなずき、そしてその点に関しては純もひそかに同意した。

「警察が何の用だ」

「一《まぶた》京太郎……」

一《まぶた》が直接対応すると、若い方の刑事がわずかに気色ばむ。年配の方を制して、自分が、と一歩前に出た。刑事は一《まぶた》の漂わせる動物的な強靭《きょうじん》さに触発されていた。若いだけあってまだ血の気が旺盛だった。

「俺は別にもう、法に触れるようなこたあ、やっちゃいねえぞ」

「一《まぶた》京太郎、お前、殺された不倫さんと、昔から交流があったそうだな」

「ああ、まあな」

「不倫さんが殺された日の深夜、どこで何をしてた」

「ずいぶん不躾《ぶしつけ》だな」

「いいから答えろ」

「どこで？　家で。何してた？　寝てた。そんな時間アリバイのある人間なんているわけねえだろ」

二人のやり取りを横で見ている純はハラハラしてしようがなかった。若い刑事はまだ引き下がらなかった。

「現場にダイイングメッセージがあった」

「なに？」

若い刑事の言葉に、一《まぶた》はもちろん、横で聞いていた年配の刑事が驚きの声を出した。まるでそんな情報は初耳のようだった。

「へえ、そりゃまたどんな。しかしいいのか、そんな捜査情報漏らして」

若い刑事は真剣な表情を崩さず、人差し指で目の高さにすっと一本線を引いた。

「不倫さんはな、指先で、こう、血を使って真っ赤な横棒を引っ張っていた」

「それが？」

「それはまさに漢数字の一《いち》、お前の名字のことじゃないか」

誰も理解が追いつかず微妙な間が空いた。かろうじて、一《まぶた》は一言だけ返した。

「へ」

「だから、この血文字はお前のことを表してるんじゃないのか、って言ってるんだ」

若い刑事は一《まぶた》の響かない反応に苛立ちを見せはじめた。

「あんた、本気で言ってんのか……」

「なに……っ」

「ったく、こんなカンタンな名字してっと、まさかそんな馬鹿な理由で殺人の疑いまでかけられるとは思わなかったぜ」

「人を馬鹿とはなんだっ」

「まあまあ。それはさすがにお前の推理が無茶苦茶過ぎるわな。完全に、ただの偶然だろう」

ここでようやく若い刑事の横から、年配の刑事が進み出てきて発言した。それでも若い刑事の気はまだ収まらないようだった。ゆっくりと、いれずみやを睥睨《へいげい》する。

「だいたい、なんだここ……これ全部、名字なのか？　でも変なのばっかで、『田中』も『中島』もないじゃないか」

「あんた、田中か中島っていうのか」

「俺は『田中島《たなかじま》』だ」

「なんだそりゃ、どっちかにしろよ……」

「余計なお世話だ」

純も思わずぽつりと、

「田中、中島、からの田中島……」

「三段進化するタイプだな」

「人をポケモンみたいに言うな」

年配の刑事は本来の職務を忘れたように、熱心に壁の名字を一つ一つ確認していた。

「おお、あったあった」

そして一つの名字を見つけ、子供のように声を上げた。

「京太郎、あの判子くれるか」

指さしたのは、「出頭」と書かれた紙だった。

「なんでだ?」

「なんでって、あれが俺の名字だからな」

年配の刑事は警察手帳を開いて見せた。そこに書かれた名字はたしかに『出頭《しゅっとう》』だった。

「出頭刑事……」

純はなんだか小声に出して反復したくなった。

「あんた、そんな名字だったのか」

「なんだ、お前知らなかったのか。長い付き合いだろうが。薄情な奴だな」

「ここ最近、次から次と珍名の人が出てきて、珍名のインフレが起きてるような……」

「ジャンプ漫画みたいな展開だな」

純と一《まぶた》は小声でボヤいた。

「しかし久しぶりだな、京太郎」

「あんたも老けたな」

「そりゃ、な。しかしお前は真面目にやってるようだな」

「デガさん、この男と知り合いなんですか？」

田中島が問うと一《まぶた》が口を挟む。

「なんだその呼び方……江頭さんがエガちゃんって呼ばれるようなもんか？」

「昔、俺少年課にいたろう。その頃にな」

「ああ……」

それを聞いただけで田中島は意味深にうなずいた。

「挨拶代わりに顔を出しただけだからな、今日のところはこれで失礼するわ。いきなり押しかけて悪かったな」

「もう二度と来なくていいっつの」

「フン」

田中島がずっと一《まぶた》から視線を逸《そ》らしていないことは、横で見ている純にもよくわかった。その目はとても険しいものだった。

「ヤクザと付き合いの深いお前なら、拳銃を手に入れることだって朝飯前だ」

一《まぶた》は否定も肯定もしなかったが、その田中島の指摘はもっともだと純は思った。

「一《まぶた》京太郎、お前がどんな人間かはちゃんとわかってるからな。どれだけ隠そうとしたってダメだ。お前がやってきたことは永遠に消えないし、誰も忘れやしない。いいか。犯罪被害者はな、永遠に苦しむんだ。お前のような人間は、一生十字架を背負い続けていることを忘れるな」

ほら、行くぞ、と出頭に促されて田中島はいれずみやを出ていった。そのギリギリまで一《まぶた》への目線は外さなかった。

刑事達がいなくなった静けさの中で、純は空回りする自分の思考をなんとかまとめようとした。

なぜ、どんないわれがあって、あんなにも激しい感情をぶつけられるのだろうかと。

一《まぶた》の様子をうかがっても、決して微動だにしないためよくわからなかった。

8

「不倫君……不倫純君……だよね？」

確認するように声をかけられ、顔を上げると、斜め後ろから待ち合わせの相手が現れていた。相変わらず自分と歳がそう変わらなそうに見える、それに今日は服装が前見た時以上に似合っていて本当にカッコいいと思った。それから純は慌てて立ち上がり、

「すいません、お忙しいところを突然」

「大丈夫。ちょうど時間空いたから」

そう言いながらイトウ・ユズルは向かいに腰を下ろした。純は待ち合わせの店を選ぶ際、男同士でお洒落なカフェもおかしいかと思い、駅前のチェーンのファミレスを伝えた。

「すいません、僕、前にすごく失礼な態度をとったのに、こんな図々しいお願いをして」

「いや、全然いいよ。むしろうれしかったよ」

イトウは相変わらず感じのいい笑顔を浮かべていた。水を持ってくる店員にまでいちいち愛想がいい。その表情に純はホッとした。

「最近はどう。生活は落ち着いた？」

「はい、なんとか」

「それはよかった」

イトウは頼んだホットコーヒーに砂糖を入れてかき混ぜながら微笑《ほほえ》んだ。

「しかし、終わらないねえ。ヤマダの息子は」

「はい」

「ご遺族の方としては、一日も早く捕まってほしいだろう」

「はい……本当に」

仕事柄だろうか、イトウといると純はもっとこの人に話を聞いてほしいという気持ちになった。しかし時間も限られていたためそうもいかず、勇気を出して本題に入ろうとした。

「それで、あの……」

純がそう切り出しただけでイトウは、ああ、と持っていたカップをソーサーに置き、

「一京《まぶた》太郎に関して……だったよね」

「はい」

純はどこか後ろめたい気持ちを感じつつうなずいた。

「マスコミにいるイトウさんなら、その人について、何かご存知かな……と思って」

あの刑事達の来訪によって、純は自身の胸の奥底にどうにか沈めておこうとしていた一《まぶた》への嫌悪感が、化学反応を起こしたようにムクムクと膨らんで溢《あふ》れ出しそうになっているのを感じ、自分でもどうすればいいのかわからずにいた。

純の元に取材にきたマスコミ関係者というのは、みんな慇懃《いんぎん》なほどの低姿勢だった。それなのに、どこか見下されているような気がした。業界人とはこんなものなのかもしれない、純はそんな風に諦め半分で理解した。しかしこのイトウだけは、瞳が真っ直ぐで、とても誠実な印象があった。だからとっさに頭にこの男のことが思い浮かんだ。それにどこか、清潔感があるのも他の人達と違った。

ご存知も何も……と口の中で言い置くと、イトウは切り出した。

「ビックリしたよ。君からその名前を聞いた時は」

純は真っ直ぐイトウを見つめ、真剣に話を聞いた。

「ちょっと調べたんだけど、昔、不倫君の家の隣に一《まぶた》京太郎の実家があったんだね」

「はい。その縁で、元々父とは顔見知りだったみたいで」

「なるほどなあ……」

吐き出すようにそういうと、前髪をかきあげ、自分を落ち着けるように一口コーヒーに口をつけた。

「一《まぶた》京太郎と言えば、かつて関東一円をまとめ上げた、知る人ぞ知る伝説の暴走族総長なんだ」

　純は思わず唾を飲み込んだ。イトウはそこで一呼吸置き、

「その名も珍姓団《ちんせいだん》……」

「え？　珍走団ですか？」

「違うよ、珍姓団と書いて『珍姓団《ラストネームズ》』というんだ」

「なんか、自虐的なんだかカッコいいんだか……」

「俺もそこまで詳しくは知らなかったからさ、その方面に詳しい知人にいろいろ聞いてきた」

　イトウは懐から手帳を取り出し、確認するようにそれを開いた。

「最初は、数人のごく小さな走り屋集団だったらしい。だが、一《まぶた》京太郎という男のカリスマ性が凄《すご》かった。仲間入りさせてほしい、いや舎弟にしてくれという志願者が次々やって来て、集団は日増しに巨大化していったようなんだ」

　純はいれずみやで多くの常連達に慕われている姿を思い出すと、今でもその片鱗はあるように思えた。

「一方で急成長する一《まぶた》達をおもしろく思わない人間も当然いた。それで、一時期は連日のように対立するグループとの喧嘩に明け暮れていたらしいねえ。とにかくすごいもんだったらしいよ。中でも驚いたのは、これは噂《うわさ》の域を出ないんだけど、たった一

人で数百人いるグループを壊滅させたこともあるらしい」

一《まぶた》の身体《からだ》にはよく見ると無数の古傷らしきものがある。それで純にもだいたい想像はついていた。

「おかげで、まだ十代の幼いうちから、一《まぶた》にはヤクザも一目置いていたくらいだ」

「ヤクザも……」

純はいれずみやに出入りするヤクザ達を思い浮かべた。

「そんなんだから、当然、少年院にも出たり入ったりを繰り返したみたいだね」

「まあ、そうなりますよね……」

「それに、成人してからは刑務所入りも経験してるな」

「刑務所」

乾いた苦笑いを浮かべながら聞いていた純だが、その響きに思わずドキッとした。

それも薄々、心のどこかで覚悟していたことではあった。一《まぶた》京太郎という人物の獰猛《どうもう》な肉食獣のような不穏さは、真面目一辺倒で生きてきた人間に醸し出せるものではないだろうと。しかし、改めて聞かされると衝撃は想像していた以上に大きかった。

「じゃあ、一《まぶた》京太郎は犯罪者、前科者……ってことですか」

イトウは無言でうなずいた。

「いったい、何をやったんでしょうか……?」

問いかける純の声が震えた。事と次第によっては、今日中にいれずみやを出ていかなければならなくなるかもしれない。

過去を持たない人間なんていんのかよ。いつかの一《まぶた》の言葉が甦《よみがえ》る。しかしそうは言っても、とうてい受け止められないと純は思った。

「まさか、殺人……とか」

「安心して。ギリギリ、人殺しまではしてないみたいだ。罪状としては、傷害罪とか暴行罪、ってところかな。ただ、それ以上の詳しい事情はわからなかった」

「そう……ですか」

イトウが手帳を閉じ、懐にしまいながら一息吐いた。

「しかし、ようやく今は落ち着いたみたいだね。まさか、あの一《まぶた》京太郎が今は刺青の彫師になって、そんな店を出してたとはなあ」

「そうなんです」

「そこには、珍名の人達が大勢集まってきて交流してるんだろ」

「はい」

「すごいなあ、いつか取材してみたいよ」

そこで純は一つ聞き忘れていたことを思い出した。

「鯛焼き……」

「え？」

「鯛焼きについて、何か聞いたことありませんか。一《まぶた》さんの話」

「鯛焼き？　それって食べ物の鯛焼きのこと？　いや、ないなあ……え、なんでいきなり鯛焼き？」

イトウに笑われて純も思わず恥ずかしくなってしまう。あ、いえ、なんでもないんです、とこたえる純の声に重なるように、テーブルの上に置いてあったスマホが鳴った。

「あ……」

目で確認すると、それは一《まぶた》からのメッセージだった。

『どこにいる　至急戻れ』

「彼……？」

「はい」

純はまるで今ここにいることを全部見透かされているような恐怖を覚えた。イトウは一《まぶた》からのメッセージが表示されたスマホを蔑むように見下ろした。

「……不良だった人間が更生すると、世間はことさら立派な人間のようにもてはやすけど……俺はそうは思わない。一度も道を踏み外さないで、真っ当に生きてきた人間の方が、ずっとエラいに決まってる」

それは純がかねてから思ってきたことだった。自分の気持ちを代弁してもらえたような気がした。

「人間なんて、そう簡単に変われるものじゃないよ」

こんなお兄さんがほしかったと、憧憬《どうけい》するように純はイトウを見た。

「これは俺の推理……だけど」

もったいぶるように、イトウはまずそう前置きした。

「ヤマダの息子は、自分なりの正義で被害者を選んでるんじゃないか、なんて説があるよね」

「まあ……そんなことも言われてましたね」

「俺はその説、あながち間違ってないと思うんだ。さっきも言ったように、君の家の隣には昔、一京太郎《まぶた》の実家があった」

イトウが何を言おうとしているのか、まだ純には見えなかった。

「もしかしたら、ヤマダの息子は、本当は一京太郎《まぶた》を狙おうとしたんじゃないか。あれだけ有名だった札付きのワルだ、家なんて調べようと思えば誰でもすぐわかる。しかしいざ訪ねてみたら、そこにはもう目当ての家はなかった……しかし、たまたまその隣にもう一軒、珍名の家を見つけてしまう。それが不倫君、君の家だったんじゃないか」

「そんな……」

それはほとんどイトウの想像だったが、言われてみれば説得力があった。そしてもしそれが本当なら、自分達家族は一《まぶた》のとばっちりを受けたことになる。

「ごめんなさい、とりあえず俺、戻らないと」

後ろ髪を引かれるように思いながら、渋々立ち上がりつつ伝票に手を伸ばそうとすると、イトウが先に手に取った。

「ここはいいよ。それより、この事件のことで俺に力になれることがあれば、また何でも頼ってくれ」

「ありがとうございます」

気の進まない足取りで店を出ようとする純に向けて、イトウはさらに言った。

「不倫君」

純は無言で振り向いた。

「忘れないでくれ。俺は、イトウなんて平凡な名字だから……珍名に生まれついた人達の気持ちは、わからないけどさ。でも、君は一人じゃない」

純は感極まって涙が出そうにさえなった。

9

「……戻りました……」

急いでいれずみやに戻ってきたものの、何の反応もなかった。しかし、そのことに純は内心ホッとした。イトウから聞かされた話のインパクトが大き過ぎて、その余韻で一《まぶた》の顔をまともに見られる自信がなかった。

いれずみやの奥へ入っていくと、一《まぶた》と集まった常連達が普段はあまりつけないテレビを囲んでいた。

「おう」

純の姿に気づいた一《まぶた》は顎でテレビを示した。それで何が起こっているのか、純にも想像がついた。

慌てて常連達の中に加わると、画面に一人の女が映っていた。無数のフラッシュを浴び、何本ものマイクを向けられている。

記者から女への質問が飛ぶ。

『次のヤマダの息子の被害者に選ばれてしまいました、どのようなお気持ちですか』

マイクに向かって女は言った。

『私は、何も知りません』

さらに次々と質問が飛ぶが、女はその一言だけで背中を向け立ち去った。映像がスタジオに戻ると、キャスターが神妙な顔で説明した。

『当番組の制作局にですね、現在四件起きている連続殺人事件の犯人、ヤマダの息子と名乗る人物から、殺人予告が届いたんですね。それがこちらです』

スタジオ内の大型モニターに赤く書きなぐられた文章が映される。

おれもすっかりゆうめいじん
おれのおやじもヤマダ、ヤマダとにんきものだった
テレビ、しんぶん、ネットのみなさんまいにちほうどうしてくれてありがとう
いろいろいいたいことはあるが一つだけ
わかってるとはおもうが　ふつうの名前はねらわない　あんしんしろ
つぎのえものをおしえてやる
つぎのえものは薬師女《やくしめ》
薬師女もえ子
おまえだ
おやじもおんなをころすのがだいすきだった
みなさんおたのしみに

ヤマダのむすこ

『これまでは殺害前に予告するということはなかった……んですよね』

『ヤマダの息子のモチーフになったと思われる、サムの息子も何度か事件を起こした後、テレビ局あてに声明を送りつけたりしていますからね。それをなぞらえたとすると、ありえないことではないと思います』

「薬師女さんだ……懐かしい。久しぶりに見たな」

「ん、純、お前知ってんのか。有名なのかこのねえちゃん。なんだ、女優か何かか」

「いいえ」

一《まぶた》はテレビを凝視するが女が何者かわからないようだった。無理もない、と純は思った。一《まぶた》が活字を読んでいる様子は一切なかった。

「この人は……いろいろ問題を起こしたけど、いちおう作家です」

　薬師女萌子《もえこ》は、数年前に純文学小説を出版してデビューした。化学の世界を舞台に、主人公の若き女性化学者がある世界的発見をしたことからはじまる化学者達のドロドロした人間模様を描いた作品だった。小説の賞に応募し、受賞して出版されるという一般的なデビューの仕方ではなく、一人の編集者に出会い、その目に留まったということがきっかけだった。

本はひっそりと発売された。当初は数多《あまた》いる新人作家の一人という全く知名度のない存在でしかなかった。日本国内の文壇にも注目されていなかった。

しかし発売から数か月後、世界的に歴史と権威のある海外の純文学新人賞にノミネートされることが決まった。日本人の、それも若い女性がノミネートされるだけでもきわめて異例のことであり、それが発表されるとすぐさま、作家としては若く、また文壇においては優れた容姿も手伝って、一躍、日本中の注目の的となった。本の売れない時代にあってデビュー作としても純文学としても異例の七十万部を超えるベストセラーとなった。

しかしそれも束の間、ほどなくして別の話題が持ち上がった。盗作疑惑だ。

既存の出版物数作の中からストーリーや言い回しなどの盗用があるのではないかと、ネット上で指摘され出した。日を追うごとに新たな盗用が次々と発見され、いつの間にかできていた専用サイトで検証され、状況は収まるどころかエスカレートする勢いだった。

海外の文学賞にまでノミネートされて日本の恥、パクリなら誰でも名作が書ける、そもそもゴーストに全部書いてもらったのではないか、ちょっと可愛いルックスで持て囃《はや》されただけ、そう糾弾された。

そしてついに出版社が席を設け、作者本人による釈明会見が行われるという異例の事態となった。その場で薬師女は疑惑を真っ向から否定した。

「私の小説は、盗作ではありません」

まさに今のように無数の報道陣に囲まれ、フラッシュを浴びながら記者会見でそう日本中に向けて発言していた彼女の映像を純は今でも覚えている。

しかしそれだけでは誰も納得しなかった。指摘されている先行出版物との類似点はどう考えても偶然の一致で片付く問題ではない、と。

本当に盗作じゃないなら、二作目を書いてみろ。文壇は世論を納得させるために薬師女にそう要求した。薬師女は承諾し、書き上げた。作家薬師女萌子の二作目となる短編小説が公開された。しかし二作目の小説は、とうていプロとしての水準に達しているものではない、と判断する声が多数を占めた。

ほうら、やっぱり書けなかったじゃないか。つまり、やっぱりデビュー作は盗作していたってことだ。世論はそう傾き、文壇もそれに追従する姿勢を示したことで、実質、薬師女は「黒」とみなされることとなった。

結果、裁判沙汰のようなことにこそならなかったが、薬師女萌子は疑惑の人となり、当然のように海外の文学賞は落選、次回作を出すこともなく、メディアから姿を消した。

「わりと大きな社会問題になりましたよ、当時……」

「へー、全然知らんかった」

「そういえば最近、週刊誌に再就職先で働いてるところを隠し撮りされて、また話題になってたっけ」

「ケッ、また珍名の持ち主の過去のやらかしが蒸し返された……ってわけか」

常連達のこのニュースに対する反応もさまざまだった。

「とりあえず、私達の危険はなくなったのかねえ」

「でも、これで安心して気を抜いたらダメだよね」

「ねえカズさん、本当にこの人が次の被害者なのかねえ」

「んなもん、俺にだってわからん」

一《まぶた》は下唇を突き出し憮然と答えた。

ヤマダの息子と薬師女萠子に関する報道が一段落し、番組が次のコーナーに差しかかろうとしていたところだった。

「すみません」

背後から女性の声が飛び込んできた。純はそれを聞きつけると慌てていれずみやの受け付けの仕事に戻った。

「はい、いらっしゃ――えっ」

視線の先には一人の女性がいた。純はその女性と、さっきまで見ていたテレビ画面、首を動かして何度も両方を振り返った。派手な美貌ではないが、それでいて目が離せなくなる、浮世離れしているという言葉を体現したような、えもいわれぬ不思議な魅力を纏《まと》って見えた。羽織っているコーラルピンクのカーディガンが特に女性の雰囲気に合っている。

「まさか……」

純はしばらくの間、女性を見つめた。視線を、思考を、すっかり奪われてしまっていた。驚愕して言葉の続きが出ない純の代わりに、一《まぶた》がその名前を叫んだ。

「薬師女萌子⁉」

戸口には、たった今テレビに映っていた薬師女萌子本人が立っていた。

「はい」

薬師女はためらいがちにうなずいた。とても柔らかい、見た目のイメージ通りの耳に優しい声だった。それからゆっくり中へと入ってくる。純の目はその一挙手一投足に釘付けにされた。

「だって、今テレビで……」

「それは昨日撮影されたものですから」

「あ、そっか」

「不躾《ぶしつけ》にもうしわけありません。番組をご覧になられたなら既にご存知かと思いますが、あのヤマダの息子に次に狙われるのは、どうやら私らしいんです。私もう怖くて……こちらに、私と同じように珍名の方が集まられていると聞いて、そうしたらもう、いてもたってもいられなくて、こうしておうかがいしました。お願いです。どうか、私のことも助けていただけませんか。あの通り殺害予告なんて出されて、私、どうしたらいいか……」

「でも、それなら警察に行ったらいいんじゃ……？」

変に見とれたりしないよう純は慎重に距離を取った。

「警察は……かつても頼ったことがあるのですが、何かあってからじゃないと動けないと言われました。今回だって、きっとそう……今私のような人間が行っても、どうせ相手にされません」

「あ……たしかに、それはそうかもしれませんけど」

ヤマダの息子の事件を受けて、珍名を持つ人達が全国の最寄りの警察署に助けを求めはじめて問題になっているという報道を目にした覚えが純にもあった。

「お願いします」

一《まぶた》は腕組みをしてジロジロと無遠慮に薬師女を眺めた。薬師女は縋るような目をしていた。

熟考している様子の一《まぶた》に代わって、常連達がいつもの気軽な調子で間に入った。

「大丈夫ですよ」

「ここにいれば安心です。ここには、あなたと同じように珍名の人達が大勢います」

「この人、こう見えて意外と優しいから。なあ、不倫君？」

「あ、はい……」

薬師女が驚いたように純を見た。視線が合った瞬間、それだけで純はドキッとしてしまった。

「不倫……って、この前、殺されてしまった……」

純は遠慮がちにうなずいた。

「もしかしてご遺族の方ですか。さぞお辛《つら》かったでしょう」

「まあ……そうですね。いろいろ大変でした」

「というと……？」

「家の前に野次馬が押し寄せたり、いたずら電話がかかってきたり、街中でいきなり声をかけられるようになったり、僕の個人情報がネットに載せられたり」

純の言葉に薬師女は両手で口元を押さえた。

「私もかつて……同じような目に遭いました」

それから、伏し目がちにそう呟いた。

10

いわばずっと狩られる側だった自分が、狩る側に回るのは気分がよかった。逃げ回る獲物を追いかけて仕留める瞬間は最高の興奮だった。自分のやっていることも、まるで猫みたいなものだ。捕まえた獲物を運んできて、人前に晒してみせるのだから。そう思うと少し笑えた。

ヤマダの出身地、それは山間《やまあい》のきわめて小さな集落だった。正確な場所は覚えていない。冬になっても雪が降ることは滅多になかった、恐らく南の方だろう。娯楽も何の施設もない。高齢者が多数を占める住民はよく日が照る空の下、日がな一日農作業をして過ごしているようなところだった。一見、とてものどかで、だからこそ、あれほどの陰湿さを隠し持っていることにヤマダは驚かされたし、人間というものの恐ろしさを見た気がして今でも忘れられない。地方の土地ほど怖いものだ、という偏見が深くヤマダの心に刻みつけられた。

そこは隣近所も、わずかな付き合いのある人達も、およそ全ての人が、ある一つの同じ名字を名乗っていた。そのためにお互いのことは下の名前や屋号で呼び合った。土地を出た今となっては、ヤマダはあの名字を口に出すことも思い出すことも頑《かたく》なに自分に禁じた。意図的に記憶から消し去ろうとすら試みた。思えば土地の人間以外で、あの名字に出会ったことは一度もない。それだけ珍しいものだった。世帯数にして、せいぜい数十軒というものだろう。ヤマダにとっては何より忌々《いまいま》しい、地獄の日々の象徴だった。

方言も独特で、幼いヤマダは年配の人達の話していることがほとんど理解できないこともあった。閉鎖的で、排他的で、幼いヤマダが、まるで全員血の繋がった一つの一族であるのかと錯覚するほどの、とても異様な環境だった。もしかしたら、みんなあの名字に意識を支配されているのではないか、などと考えもした。個人の価値観など、あそこには存在しなかったのだから。

『山田』という名字を名乗っていたのは、自分と母親だけだった。子どもながらに自分達親子は場違いなのではないかという感覚はあった。他の名字など知らなかった。山田か、それ以外か。それがヤマダにとっての世界の全てだった。

母親が、他の大人達から疎《うと》まれているということもすぐに勘づいた。なぜ、母親だけが井戸端会議に参加できないのだろう。なぜ、さっきまで笑っていた人が母親にだけ冷たい表情になるのだろう。たしかに、母親だけ雰囲気がどこか他の住民と違ったけれど。

母親は人目を避けるように生活し、いつも浮かない顔をしていた。隠れて涙を流していることがあったのも知っている。外を歩く時、母親はいつも自分の後ろに隠れるようにヤマダに言った。それでも回り込んで、まじまじとヤマダの顔を見ようとする者もいた。

これがあの時の子供か。

どういう意味かわからなかったが、そう言われた。

大きくなったねえ。

そんな言葉をかけられても褒められているようには聞こえず、嫌味を帯びたニュアンスはしっかり感じた。そんなことをする者は、皺の刻まれたいい大人であるはずなのに、まるで意地悪な子供の顔のようにヤマダには見えた。

自分達親子に、常に見えない敵意のようなものが向けられていた。

住んでいた粗末な家に、ある日、大きな破裂音がしたかと思うと石が投げ込まれていたり、その他にも落書きされたり、動物の死骸が置かれていたり、小火《ぼや》を出されたりということが時々あった。駐在に駆け込んで相談してものらりくらりと対応されるばかりで相手にされなかった。やがて母親は助けを求めることを諦めてしまった。

集落では希少な、年の近そうな子供達が遊んでいても、ヤマダだけは入れてもらえなかった。子供達はみな親によく躾《しつ》けられていた。ヤマダとだけは遊ぶな、と。

時折り母親が「アバズレ」「バイタ」「ヤリマン」などと呼ばれていることがあった。あれも名字なのか、うちには名字がいくつもあるのかと母親に聞いたら、違うと言われた。「泥棒猫」だけは意味がわかったが、なぜ母親がそんな風に言われるのか、その理由は結局わからずじまいだった。母親はやっぱり泣いているようだった。

どれも、あの穏やかな、老人ばかりの住人達がやったことだ。

自分達だけが、名字が違うから。だからこんな目に遭うのだろうか。ヤマダはそう考えることでなんとか折り合いをつけていた。

ヤマダにはずっと母親に聞きたかったことがあった。

周りを見ていたらどんな子にも、父親と母親がいた。いや、おじさんやおばさんにだって、もっと年寄りの父親と母親がいる。自分にもいるはずだ。それなのにどうして、うちに父親はいないのか。

でも、それにこたえられるだけの精神的余裕が母親にないことも子供ながらによくわかった。一番、触れてはいけないこと。うちが集落中から嫌われていることと、何か関わっているんじゃないのか。そんな気がした。そしてきっと、父親も山田という名字なのだと。

だから何度も口に出そうとして、そのたびに呑み込んだ。

ぼくのお父さんって、どんな人?


何もない集落で一人で過ごす時間はとても退屈だった。心の中にはいつも、モヤモヤした嫌なものがあった。それは日増しに大きくなっていった。

また気に入らないことがあった日、ヤマダは思わず足元の虫を殺してしまった。靴の下で踏み躙《にじ》り終えると、ヤマダは放心していた。心のモヤモヤが少しの間だけ消えた気がした。これまで感じたことのない、なんとも言えない気持ちよさがあった。それからモヤモヤが溜まると、同じことをするようになった。やがて、虫では満たされなくなってしまった。鳥を狙ったが、逃げられてうまくいかなかった。罠《わな》を作ってネズミを捕まえるようになった。よその家の庭先に繋がれている犬を殺したくなってうずうずしたが、さすがに大ごとになると思うとためらわれた。

野良猫はあちこちにいたが、でも猫は殺せなかった。なんとなく猫は母親を思わせるからだ。

ヤマダ自身も気づいていなかったが、それは全部、代わりだった。

もうずっと、息をするように当たり前に、何度も何度も、ヤマダはここにいる人間を殺すことを頭の中で思い描いていた。近所に住む家族、道ですれ違う老人、酒屋のレジのおばさん、郵便配達員……。あの名字の人間達、全員。

そうしなければ、生きていかれなかった。

まだ幼かったヤマダには、集落の中だけが世界の全てだった。外へ出ていくという発想など、持てなかった。

ただただ息苦しくてたまらなかった。

世界中で、自分達だけ。

そんな寄る辺なさを、ヤマダは生まれ育った土地で植え付けられた。

11

もう一度メディアに登場したことで、薬師女のかつて出版した書籍は直ちにネットオークションに出品され、価格が高騰した。出版社も絶版となっていたものを大急ぎで再版して、ずらっと書店の店頭に並べられた。皮肉にもヤマダの息子は人々の消費行動にまで影響を与えていた。

薬師女の作品を巡る世論の評価は、まるで様変わりしたものになっていた。

文学的価値がある。

これは剽窃《ひょうせつ》ではなく先行作品へのオマージュ。

面白いものを書いた者勝ち。商業作品は売り上げが全て。

一部の識者が擁護し出したのを皮切りに、一夜にしてそんな意見が優勢となっていた。

そして翌日のいれずみやには、いつも以上の数の常連客達が集まった。時の人である薬師女が現れたことが広まったからだ。皆その手に手に薬師女の著書を持ち寄っている。その日のいれずみやの中はさながら即席の薬師女萌子サイン会場だった。

「『螻田《けらた》』さんへ、って入れてもらっていいですか」

「僕は『鵺代《ぬえしろ》』さんへ、ってお願いします」

「えっと……どう書くんですか」

常連達一人一人に宛名を書くのには、えらく時間がかかった。

「あんな殺害予告出されて、恐いだろ」

「大丈夫、ここにはあなたと同じおかしな名字の人がいっぱいいるから」

「薬師女さんも大変だよねえ。前もメディアで叩かれてたよね」

「本当だよな。本読んだけど、おもしろかったよ。絶対小説家の才能あるよ。また書いてほしい」

「こんな可愛い人をひどいよなあ」

「頑張ってね」

主に男達が薬師女を取り巻いている一方で、一部の女達は決してこの状況も薬師女のことも歓迎してはいなかった。

「ちょっと可愛いかもしれないけど、盗作するような子でしょ」

「カズさん、なんであんな子入れたんだろ。私、あの子はどうも苦手でねえ」

「男はああいうタイプに弱いからね。いかにも守ってあげたくなるような」

いれずみやの常連達の間でも、薬師女への態度は真っ二つに分かれた。

しばらく気まずい空気が立ち込めていたが、突然、常連達が男も女もみんな一斉に、何かの気配を察知して警戒する小動物のように耳をそばだてた。キョトンとしているのは何も知らない薬師女だけだ。それが何の予兆か、純はもう学んでいた。

案の定、野太い声が聞こえてくる。

「ん？　なんか今日は妙にうるせぇな」

「佐藤さん、いらっしゃいませ」

「おう、不倫」

佐藤やヤクザが現れると、モーゼが海を割ったようにいつも常連達は心なしか脇に寄り、話も静まる。内心、純もこの男が苦手だった。ヤクザ相手に笑顔を作る気にはどうしてもなれなかった。

「フン」

佐藤がその広がったスペースを大股で遠慮なく進んでくる。いつもならそのまま奥へと入っていくところを、途中で足を止め、通り過ぎた先の人だかりを振り返って二度見した。

「薬師女萌子⁉」

佐藤が指さしながら出した驚愕の声はいれずみやの中によく響いた。薬師女は人垣の中から怯え気味に会釈をした。

「おい、不倫」

「はい、なんですか」

佐藤は純の首根っこに腕を回し、顔を近づけ声を潜めた。もう一度薬師女の方を一《いち》瞥《べっ》し、

「あの女……気をつけろよ」

「どういうことですか」

「お前みたいな甘ちゃんのガキにはまだわからねえだろうが、何か匂うんだよ」

佐藤はもう一度、横目で薬師女を一瞥した。


「不倫さん、あの、大丈夫ですか？」

「あ、はい、大丈夫です」

人通りの多い平日昼間の都内の通りを、純はキョロキョロと周囲を見回し尻込みしながら一歩一歩進んだ。隣に時の人、薬師女萌子を連れているということで、純としてはいつ何時ヤマダの息子に襲われるかわからないと、警戒を怠ることはできない。

「ごめんなさい、私が無理言ってついてきたからですよね」

「いえ、別に」

そう言いながらも左へ、右へ、鋭く視線をはしらせる純に、薬師女は困りつつ付き添うように歩いた。

純がたまたま休日に図書館に行くことを話したら、自分も行きたいと薬師女が希望

したのだ。実は純の方でも、薬師女に話したいことがあって願ってもない機会だった。

純はできるだけ一《まぶた》と離れるようにもしていた。一《まぶた》の過去について、純はまだ自分の中の整理がついていなかった。

「でも、図書館楽しみです。ずっと活字に飢えてて。不倫さんも、本がお好きなんですか」

「はい、たまに通ってます」

薬師女はこれまでの遠慮がちな表情ではない、喜びで花開くように顔を綻《ほころ》ばせた。

純はその後も警戒を怠らないようにしながらようやく最寄りの図書館に着くと、早速目ぼしい書籍を何冊かピックアップして席を見つけた。こんなに落ち着いて本を読めるのも久しぶりだった。公務員試験の勉強もはかどった。

しばらく薬師女の存在も忘れて読み耽《ふけ》り、どれほど時間が経《た》ったのかも意識していなかった。次の書籍を探しに行こうと席を立つと、自分と同じくらい、大学生ほどの男二人の会話がすれ違いざまに耳に入った。

「おい、あれって」

「ああ、あそこにいたの、あの女だよな。なんだっけ、ヤク……なんか変な名字の」

「けっこう可愛かったよな」

「わかる。俺も前から可愛いと思ってた」

純は知らず速足になって、書架の間を見て回った。意外と利用者が多く、見落とさないようにする必要があった。

そしてようやく見つけると、少し離れたところで足を止めた。

薬師女は窓から降り注ぐ午後の光を浴びながら、一冊の本を手に取っていた。わずかに目を細め、懐かしそうに見つめている。愛おしむように装丁に触れている、それが薬師女自身が出した本だと純は気づいた。

辺りにいる利用者達も、やはり薬師女のことをわかっているらしかった。図書館ということもあり声をかけるような者はいないが、面白半分で盗み見る視線がいくつも集まっていた。中には携帯を片手にしている者もいる。ネット上に報告したり、動画を隠し撮りしているのかもしれない。どうしたものかと純が気を揉《も》んでいると、ふいに話し手の興奮によってその部分だけとても明瞭に響いた声があった。

「ほら、盗作の……」

一見、何の変化もなかった。しかし、その横顔がかすかに強張《こわば》った。薬師女の耳にもたしかに届いていた。

「薬師女《や》さん」

考えるのを止め、図書館という場所には少し不適切な大きさの声を出しながら純は近づいていた。

「わっ、不倫君」

つられて大きな声を出しながら薬師女が振り返る。周囲の露骨に迷惑そうな視線が向けられたが、純は気にしなかった。薬師女がさりげなく本を戻す。その手を摑《つか》み、純は引っ張った。

「出ましょう」

「え、もう用事は済んだんですか」

「はい」

純は困惑する薬師女を連れて半ば強引に図書館を後にした。盗み見していた者達の不満げな視線が二人を追いかけた。


せっかく外に出たのだから食事をしていこうと提案したのは薬師女だった。それならいい店を知ってますよと、純はその近くにあるカフェダイニングへ案内した。

人気の店だったがお昼のピークの時間帯を少し過ぎていたことでちょうど席が空いていた。いかにも女性受けの良さそうなセンスのいい洋風の内装やメニューで、働いているのも若いスタッフばかり、来店しているほとんどが女性客かカップルだった。

「ここ、素敵なお店ですね。女の人が好きそう。すごいですね。こんなとこ知ってるなんて」

「いやあ、必死で調べてるんですよ」

向かい合わせに座ると、純は薬師女の目が見られずドギマギ視線を泳がせてしまう。

二人が頼んだランチセットがやってくると、純は切り出した。

「すみません、図書館なんて連れて行って」

「え？　ううん、とっても楽しかったですよ」

純が見る限り、薬師女は本当に気分を害しているようには見えなかった。料理を口に運んでは、おいしい、と無邪気に喜んでいる。

ちょうどいい機会だと思い、純は薬師女に聞きたかったことを切り出すことにした。

「僕、薬師女さんの小説読みました。おもしろかったです」

一瞬だけ薬師女の手が止まったような気がしたが、純は気づかないフリをした。

「ありがとう」

薬師女はすぐに笑顔を浮かべてそう返してきた。

「私ね、本当に物語を作るのが好きで、小説家になるのが子供の頃からの夢だったんです。何度も何度も書いた小説を投稿して、落ち続けて」

薬師女は意外なほど自分からよくしゃべった。場を盛り上げようと気を使ってくれている、薬師女なりのサービス精神なのかもしれないと純は思った。

「それがある日、私が小説を書いてることを知ってるバイト先の同僚から、フリーで編修者をやっている知り合いという人を紹介してもらったんです。その方が、自分がプロデュースすると言ってくださり、窓口となって私の小説を伝《つて》のある出版社に売り込んでくれて。そしたらそこからはもうトントン拍子で出版が決まりました。夢みたいだった。本当にうれしかった」

　このままでは核心に迫れそうもなかった。気持ちよさそうに話し続ける薬師女を制して、純は口を開いた。

「それで、あの……」

　薬師女が、ん？　という目で尋ねてくる。意を決して、次の一言を発した。

「本当にしたんですか。盗作」

　口下手な純は、端的に言うことしかできなかった。ずっと聞きたかったのはこれだった。

　信じられないような過去があった、一《まぶた》。純はまだそれを自分の中で消化できないでいた。そして一《まぶた》と同じように大きな過去を持つ、薬師女。かつての盗作騒動を思い出すと純はどうしても構えてしまうところがあったが、しかし同時に、薬師女からあの時の真相を少しでも聞くことができたら、それが自分にとって一《まぶた》への理解を深めるための一歩になるかもしれない、と思った。

「ああ」

一瞬の間があり、空気が悪くなってしまうかもしれないという懸念が純の頭を過《よぎ》った。薬師女は困ったように笑った。

「あー……うん。そうですね……」

手にしていたフォークを皿の上に置き、薬師女がゆっくり伸びをする。

「話せば長くなるんですけど……」

やはり答えにくいのか、さっきまでとは打って変わって慎重に言葉を探して話しはじめた。

「出版社の方に、出版するにあたって、手直しをするよう言われました。作品は素晴らしい、けれどこのままでは世に出せないって。期待に応えよう、絶対にいいものにしようと、私なりに努力しました。けれど、それだけではダメだったみたいで」

聞いているうちに、純の方がいたたまれなくなってきた。

「どんどん、出版社と編集者の意向で言葉が足されていきました。粗筋も大きく変えられました。気づいたら私の小説は、当初私が書いたものからかけ離れていました。けれど、私には何も言うことができなかった。だってまだデビューもしてない一般人ですよ。そして、小説は出版されました」

「そう……だったんですか」

「後のことは、ご存知のとおりです。初めてネット上で盗作が指摘されていると聞いた時は何のことかわからず、頭が真っ白になりました。それから検証がされはじめて、目の前が真っ暗になりました。私はとにかく、出版に携わってくださった人達を信じることしかできなかった」

「どうしてあの時、世間に向けてそれを主張しなかったんですか。悪いのは自分じゃない、周りにいた他の人だ、って」

思わず前のめりになる純に対して、薬師女は困ったように笑った。

「うーん、どうしてですかね。やっぱり、その人達に恩義を感じていたから……ですかね。誰かのせいにするのも、言いわけみたいなことも、できればしたくなくて」

純には、もうどんな言葉をかければいいのかわからなかった。今聞かされた話は、全てすでに完結してしまった後だった。世間の意識も、薬師女の中でも。

「不倫君は、さっき化学の難しそうな本を読んでたよね。やっぱり大学でそういう勉強してるの？　将来、研究所に入ったり」

いつの間にか薬師女の口調がくだけたものに変わっていた。純はそれがうれしかった。

「いえ、本当は父親と同じ研究者の道に進みたかったんですけど、でも僕、理系が全くダメで。結局、文系の学部に入ったんです。それでいちおう、公務員目指そうかと」

「公務員なんてすごいじゃない。今の時代きっとモテるね」

「でも、まだ諦め悪く、少しずつですけど独学で理系分野の勉強してるんですよね。父親、本当はガッカリしてるんじゃないかなあって思って」

重くなり過ぎないように純は自虐的にははと笑った。

「そうかなあ」

「うちの父親は口数の少ない、物静かな人なんですけど、化学のことになるとおしゃべりで、昔からいろいろなことを教えてもらってたんです。でも、それもムダになってしまって。かけてくれた期待に応えられなかった」

「私は、不倫君ってきっと、ご家族全員から愛されて育ったんだろうなと思ってたよ。いつも自然体で、すごく羨ましい」

「自然体……そうですかね」

言われていることが純にはいまいちピンとこなかった。

「この事件が落ち着いたら、一度お父さんと話し合ってみたらどうかな。お父さんから直接お気持ち聞いた方がいいと思うけど」

「薬師女さんがそう言うなら……」

「私も、昔から作家になるのが夢だったんだけど、ほら、いろいろあって、もう私のその夢は絶たれてしまったから」

今度は薬師女が自虐的に笑い返した。

「そんな」

「さっき、聞いたでしょ。図書館で」

盗作の……、誰とも知れない噂話の声が純の耳に甦る。

「あんな言葉が、今でもついて回るんだよね。たぶん、これから先、一生」

薬師女は一瞬だけ目を伏せ、すぐにもう一度真っ直ぐな視線を純に向けた。

「だから、いろんな選択肢のある不倫君が羨ましいよ」

力なく、純に微笑みかける。その笑顔に純は目を奪われた。

「私のぶんまで、後悔のない人生を歩んでね」

素敵な人だなと、純は思った。


店を出てしばらく歩いていた時だった。いまだ人の出足は衰えておらず、相変わらず純は周囲への警戒を続けた。

「不倫君」

「愛……ちゃん⁉」

純と薬師女の正面、人波の中に愛が立っていた。

「ビックリした……すごい偶然だね。不倫君、事件のこともあって大変なのかなと思ってたんだけど……」

愛は、みなまでは言わずそのまま純の隣の薬師女に視線を向けた。

「え？　あ、いや、これは本当になんでもねえよ」

「うそ、本当は私少し前から離れて二人のこと見てたんだけど、不倫君ずっと挙動不審だったじゃん」

「いや、だからそれは別の理由だって言ってんだろ」

「はじめまして。私、本当になんでもなくて」

「あなたは黙ってて」

一歩前に出た薬師女に対して、愛は一段低いトーンで言った。それは純がこれまで聞いたこともないような愛の声だった。

「おいおい、天下の往来で痴話喧嘩かあ」

「出頭さん」

純、薬師女、愛の周りに絡むように姿を現した男達、それは外回り中らしい出頭と田中島だった。

「まさか不倫君の修羅場に出くわすとはな。君も隅に置けねえなあ」

出頭はその場に漂っている空気も読まず、ワハハと笑った。なあ？　おい、と振った田中島には相手にされなかった。

「もういい」

「おい、お前ちょっと聞けよ、愛!!」

面識のない男二人の登場で水を差されたかたちとなり、愛は大きく背中を向けて足早にその場を離れて行った。

「不倫君、彼女行っちゃうよ、追いかけなくていいの」

薬師女がオロオロと気を遣う。

「いえ、もういいんです」

「でも……」

「俺、あいつに距離を置くように言われてるんです」

「なんだ、怒らせちまったのか」

そう無遠慮に聞けてしまう出頭に、まだ若い田中島はすっかり呆《あき》れたような顔をした。

「彼女、愛っていうんですけど」

「ああ」

「だから俺と結婚すると、フルネームが不倫愛になっちゃうんですよ。そりゃ嫌ですよね」

「なるほどね。珍名の人ならではの悩みだなあ」

田中島がどこか感心したように言った。

「それにしても、意外な人物と一緒にいるな」

出頭は純の隣に立つ薬師女に視線を向けた。その一瞬だけ、瞳に刑事としての厳しさが戻った。

「薬師女萌子さん」

薬師女はとっさに目を逸らし、半歩後退《あとずさ》った。気づいていなかった田中島は、薬師女萌子⁉と驚きの声を上げた。

「なんでも、ヤマダの息子の次の被害者はあなただとか」

「はい……」

「もし本当にそうなら、シリアルキラーに狙われてるという人がフラフラ出かけるというのは、ご遠慮いただきたいものですな」

「すみません」

純も叱られたような気分になってなんとなく頭を下げ、二人でそそくさとその場を後にした。

12

純と薬師女が帰路につくと、ちょうど季節の変わり目ということもあって辺りはすぐに暗くなっていった。住宅街の中の、都内でありながら特に人通りの少ない一角で、コンビニすらも見当たらない。いくぶんか薬師女と歩くことに慣れはじめていた純だが、また不安が頭を満たしはじめた。二人とも心なしか足早となり、少しでも早く帰り着こうとした。愛や出頭に出くわしてしまったことで後ろめたい思いがあったのも事実だった。

ずっと沈黙が続いていたところで、薬師女が口を開いた。

「不倫君、彼女いたんだね。あのお店も、彼女と?」

「あ、はい。いつか行こうかと……」

「好きなんだね、彼女のこと。可愛い子だったもんね」

「ええ、まあ」

「それなのにごめんなさい、私、誤解させちゃったみたいで」

「いいんです。元々、こんな名字なせいなんですから」

「うーん」

薬師女は斜め上を見つめ、独り言のように言った。

「彼女の気持ち、ちょっとわかるかもな」

「やっぱ、そりゃそうですよね……」

純は深くうなだれた。

「あ、ううん、なんていうか、不倫って名字に抵抗があるっていうよりは」

まあ、ちょっとその、たしかにアレだけど、と濁して薬師女は続けた。

「不倫君が、当たり前のように、結婚したら自分の名字になるって考えてることが、彼女さんは引っかかったのかも」

「でも、男としてはやっぱり結婚したら自分の名字になってほしいっていうか。え、だって、それが普通でしょう？」

「普通……か」

純には自分の考えが間違っているとは思えなかった。

「一昔前まではたしかにそうだったかもしれないけど……、もう、そういう時代じゃないかも。それってさ、結婚して名字が変わるって大変なことなんだよ。当たり前なんかじゃなくって。それを不倫君、わかってくれてないって思ったんじゃないかな」

たしかに、男である自分は名字が変わらない側だと思って生きてきたから、名字が変わる側の立場のことなど考えたこともないというのが純の本音だった。

「でも、それならはっきり言ってくれればいいのに。それなら俺だって」

「そういうの、言わなくても察してほしいものなんだよ。たぶん」

「ええ⁉」

ついに純は頭を抱えた。

「それでいて、自分は将来、どんな男の人と結婚して、何て名字になるんだろう……って小さい頃から妄想してたりするのも、女子だったりするんだけどね。あとは、画数とか。気にする人もいるし」

「なんだよそれ」

純が口を尖《とが》らせて抗議すると、

「男だって、女からするとメンドクサイとこあるよ」

「そうですか？」

「〝お前〟」

「え？」

「さっき、そう言ってたよね。彼女のこと、お前……って」

「ああ、はい」

思い出し、ばつの悪さを感じて純は苦笑いした。

「不倫君の彼女へのものの言い方、いつもと違ってた。いつもの自然体な不倫君じゃなくて、ちょっと乱暴で……」

「そうですかね」

「自分で気づかない？　男の人にけっこういるんだよねえ。人前に出ると、急に彼女や奥さんに対して俺様とか亭主関白みたいになる人」

「すみません……」

純は無意識にそう口にしていた。悪いと思ってなくてもとりあえず謝罪するのは悪いクセだと、子供の頃から春子に言われてきた。

「不倫君はさ、男らしく振る舞おう……って意識し過ぎなんじゃない？　まあ、私も人のこと言えないんだけどね。女子の世界の空気の読み合いみたいなの苦手だし、女らしさってものもよくわからないし」

前方から一台の自転車が走ってきた。全身黒を纏っているらしく、この時間帯は目を凝らさないと輪郭が確認できない。四角いリュックを背負っているようで、それで最近急速に広まっている飲食店のテイクアウトを届けるサービスだと純は思った。本当に街中でよく見かけるようになった。外を歩けば見ない日はないな。向かってくる自転車を見つめながら、純の思考はぼんやりとそんな風に広がっていた。その間にも、二人と自転車の距離はどんどん近づいている。

ふいに、自転車の人物の右手が、摑んでいたハンドルから離れた。一度懐に潜《もぐ》らせ、その手を抜く。何かを取り出した動作だ。

あと数メートルほどまで迫ってきたところで、自転車がはっきり薬師女に向かっていることがわかった。純が何も反応できずにいる間に、闇の中から一本の腕がぬっと伸びてきたかと思うと、薬師女の白く細い腕を掴み、薬師女諸共地面に引き倒すように突っ伏した。

自転車が眼前に現れた瞬間、それに乗る人物が右手を振るうと、闇を背景に液体が舞った。それは周辺のアスファルトに飛び散り、白い煙を上げた。そして自転車ゆえにほとんど音もさせず、そのまま走り去った。

これら全てが一瞬のうちに起きるのを、純はすぐ隣で目の当たりにしていた。

「カズさん⁉」

一《まぶた》はすぐさま上体を起こし、荒い呼吸のまま道の先を見つめた。自転車に跨った黒ずくめの男が、十数メートル離れた街灯の下で停まって振り返っていた。顔こそはっきり確認できなかったが、一《まぶた》もその男から一切目を離さなかった。わずかな間、両者は縄張り争いをする獣のように睨《にら》み合った。

男は切り上げるように向きを変えると、再び自転車を走らせ闇の中に完全に消えていった。

「ヤマダの息子か……⁉」

一《まぶた》はそのニアミスにいまだ神経を昂《たかぶ》らせていた。

薬師女は髪も乱したまま、声も出せないで呆然《ぼうぜん》としている。

「カズさん、どうしてここに」

「嫌な予感がしてな。帰ってくるのもおせえし、ちょっと様子見に来たら案の定……ってわけだ」

一《まぶた》は足元を見やった。まだ一部には液体が変化した煙がかすかに残っている。

「硫酸か何かか」

「もしも、かかっていたら……」

なんとかそれだけ発した薬師女の声は今にも途切れそうだった。

「死にゃしないだろうが、大火傷《おおやけど》くらいにはなってただろうな。そこをさらに襲うつもりだったのかもな」

薬師女だけに薬……ってかっ。一《まぶた》が煙を足で蹴り払う。

「そういえば……」

「なんだ純」

「薬師女さん、あなたの書いた小説は化学者の世界が舞台でしたよね」

薬師女がコクンとうなずく。

「作中には、猛毒の化学薬品も重要な小道具としていくつも登場した。もしかしたら、名字になぞらえるだけじゃなく、作品世界ともリンクさせてあなたを殺そうとしたのかも」

「……本当に……ありがとうございました」

薬師女は改めて一《まぶた》に頭を下げてお礼した。しかし一《まぶた》はほとんど取り合わず、すぐに背中を向けた。

「ほら、とっとと帰るぞ。あんたも、こんなことがあったんだ。一人で帰せねえし、今日はうちの店、泊まっていけ」

一《まぶた》がポケットに手を突っ込み先頭に立って歩き出す。純がそれに続こうとして薬師女を見やると、まだそこに残ったまま、薬師女は一《まぶた》に向けて言った。

「あの」

「ん？」

「私、思ったんですけど、もしかして……その腕に彫られてる刺青、『鯛焼』っていう刺青、人の名字なんじゃないですか」

「えっ⁉」

驚きの声を上げる純、それをよそに一《まぶた》は無言で歩き続けた。

「それも、誰か特別大切な人……」

一《まぶた》の様子をうかがおうにも、大股で足早に歩くその背中からは何も読み取れない。

「素敵です。私にも、刺青を入れていただけませんか」

「あんたにはそんなことできねえだろ」

一《まぶた》が馬鹿にしたように返す。

「私、本気です」

ふいに通り抜ける夜風や、車の気配にかき消されないように、それに何より一《まぶた》に気持ちが通じるように、薬師女は声を張り上げた。

「『爪《つめ》』、『可愛《かわい》』、『家出《いえで》』、『老後《ろうご》』とか入れるか」

一《まぶた》は振り返り鼻で笑った。薬師女は不満げな表情を浮かべながらも、小走りになって一《まぶた》を追いかけた。

二人に置いていかれかけながら純は、一《まぶた》が今挙げたのも実在する名字なのだろうなと思った。


その翌朝、ヤマダの息子による第五の殺人が一斉に報じられた。

朝の情報番組がニュースコーナーに入ると、女性アナウンサーが事件の詳細を読み上げはじめる。

速報が入ってきました。きょう未明、都内在住の女性が他殺体として発見されました。殺害されたのは……。日本中の誰もが注目した、新たな被害者の氏名が告げられる。

『殺害されたのは、夜桜散《いみなし》』

そこで一度、アナウンサーは言葉を切った。それは原稿に忠実にされたことではなく、アナウンサーが思わず自主的に作ってしまった溜めであることは伝わってきた。とっさに、一息に読み上げることをためらってしまったのだろうと。

『失礼しました』

一回訂正するとそれから改めて、

『殺されたのは、夜桜散《いみなし》絵里《えり》さん』

被害者は、薬師女ではなかった。

「うそ……」

テロップが現れたテレビ画面の前で薬師女が口を押さえてうろたえた。一《まぶた》と純も思わず見入った。

ニュースが次の話題に切り替わると、一《まぶた》は忌々しそうにテレビを消した。

「あの後、すぐに殺しにいきやがったか」

「夜桜散《いみなし》……ですか」

「小鳥が遊ぶのは危険な鷹《たか》がいないから『小鳥遊《たかなし》』、月が見える里には遮る山がないから『月見里《やまなし》』、夜のうちに桜が散ってしまっては綺麗《きれい》に咲いた意味がねえから『夜桜散《いみなし》』、ってわけだ」

「たかなし、やまなし、いみなし……か」

朝食の準備に取りかかる気も起きなかった。誰も食欲など湧かなかった。

「私が、助かったから……代わりに、あの人が」

「あんま気にすんな。あんたが悪いわけじゃない」

テレビの前で痛々しくうなだれる薬師女に、一《まぶた》は声をかけた。

薬師女もえ子
うそつきのとうさくおんなはころさない
いいおんなをみつけた
このおんなおれにころしてほしそうにしていた
きれいなかお　きれいなからだ　きれいな名字
でもころされる
まだまだ　つづけるぞ
おかしな名字のやつら　ターゲットはいくらでもいる
はやくみつけてみな
ほらほらおれをうちころせ
バカなけいさつども

ヤマダのむすこ

13

五人目の被害者である夜桜散《いみなし》は頭部の殴打によって殺害された後、遺体の周辺にピンクの花びらをまかれていた。季節がら桜ではなかったらしいが、名字になぞらえて桜が散るところに見立てたのだろうと思われた。

被害に遭った女性は、一体どんな人物像だったのか。それについてはこれまでの被害者達と同じように、事件発生直後から大手メディアが伝えなかったことまで、ネット上で次々と詳《つまび》らかになった。被害者が五人目ということもあり、検証作業をする者達も手慣れて仕事が早くなっていた。

あれから気分が悪そうに、薬師女はすぐにいれずみやから立ち去ってしまった。一《ま》と《ぶ》純《た》はテレビやネットで競うように更新され続ける情報をリアルタイムで追いかけた。

まず、飲食店従業員とされた職業だったが、具体的にはそれは歌舞伎町にあるキャバクラと風俗であるということは、かなり早い段階で広まった。

しかし、それに留まらなかった。これまでの被害者の例に倣って、まだ何か隠された過去があるのではないかと追及が続けられた。そして、

『殺された人、どこかで見覚えあると思ったら、俺この人の出てるAV持ってるぞ』

『マジだ。最近結婚してAV引退してたよな』

『俺もさんざんお世話になったが、まさかヤマダの息子の被害者になるとは』

　その場面を切り取った画像とともに、被害者はかつてアダルトビデオに出演していたという匿名の暴露がＳＮＳに投稿された。ひとたびそれが拡散されると、本当に被害者本人なのか、有志による検証作業が行われた。顔立ち、耳の形、黒子《ほくろ》の位置、着ているもの。結果は明らかに本人だった。

「やっぱりヤマダの息子は、人に言えない過去を持つ人物を狙っているんでしょうか」

「ＡＶに出ることは犯罪でもなんでもねえがな」

「それはそう……ですね」

「だが、目立つ存在なのは間違いない」

　一《まぶた》はしばらくの間テレビ画面を睨み付けた。

　燃え盛る炎にさらなる燃料を投下するように、新たな関係者がカメラの前に登場した。新婚だったという被害者の夫だ。

　被害者が派手な容貌をしていたのに対して、マスコミ関係に勤める真面目そうな会社員で、哀《かな》しみに耐えながら取り囲む報道陣のインタビューに気丈に答えていた。

『彼女は……これまでの人生、辛いことの連続でした。複雑な家庭環境で、家族の温かさを知らない子で。高校にも通わず、社会に出て』

　それがキャバクラ、風俗、そしてＡＶデビュー。その半生はとっくに日本中に知れ渡っていた。

『結婚したら、今月いっぱいで今の仕事は辞めて、専業主婦になってもらうつもりでした。彼女の旧姓は、伊藤と言います。日本に大勢いるメジャーな名字だったんです。彼女は、入籍して、旦那さんの名字になったことが本当にうれしいって言ってくれました……女として、それが一番の幸せだ、って。だけど……』

うんうんとうなずきながらインタビュアーの女がマイクを向け続ける。

堪《こら》え切れず、そこで被害者の夫は涙を溢れさせた。カメラがさらに近づき、その顔をアップに映すと、最後に一言、

『こんなことになるなら、名字なんて変わっていなければ……』

連続殺人事件の被害者の夫が涙ながらにカメラの前で語る映像は十分以上に及んだ。

それがほぼノーカットで、各局で繰り返し放送され、その一連のストーリーは見る者全ての心を否応《いやおう》なく激しく揺さぶった。

『この旦那さんいい人やな』

『AV女優が、ようやくゴールインして、名字が変わった途端に殺されたのかよ』

『同じ女性として、被害者の女性には幸せになってほしかったな』

『一人の女性がクソオスたちにさんざん性的消費され尽くした挙句、殺されてしまったなんて、涙が止まりません』

『この人は日本に残る家父長制の被害者ってマックにいた女子高生が話してた』

『こんな悲劇が二度と起きないためにも、政府は今すぐにでも夫婦別姓に関する法改正を推し進めてほしい』

「この人……奥さんのこと、本当に愛してたんでしょうね」

　純もご多分に漏れず感情移入し、目頭が熱くなるほどだった。しかし一《まぶた》はいたって冷静に視聴をし終えると、

「なるほどな」

　ハッ、と口角を片方だけ上げて皮肉っぽく笑った。

「なんでこの被害者が選ばれたのか、だんだん見えてきたな」

「え、どういうことですか」

「俺達珍名の持ち主は、社会で少しでも目立てば人の記憶に残る。動物の世界では、そういう奴から狩られていく。だから本能的に周囲の自然に擬態しようとするだろ。人間も同じってことだ」

　動物に近いところにいるような一《まぶた》が言うと妙に説得力がある意見だった。

　たしかにそれは純にも身に覚えがあった。こんな名字だからこそ、絶対に悪いことはできないと常に肝に銘じて生きてきた。

「恐らくヤマダの息子はそうやってターゲットを見つけてきたんだろ。何かしらで記

録に名前を残した珍名の持ち主を。ＡＶ女優なんてのも不特定多数の人間に注目される存在だ。やっぱり、法律では裁けない悪人を代わりに、なんてご立派な理由はどっかの暇なミステリーオタクが考えたこじつけでしかねえよ」

「でも、第四の被害者の中学生は……？」

「陸上で全国大会に出てたんだろ」

「あ……っ」

「それにたぶん、襲いやすかったってのもあるんじゃねえかな。ヤマダの息子は、どんどんターゲットを見つけにくくなっているはずだ。なぜなら通常の通り魔や愉快犯と違って、この犯行はターゲットが予想しやすいからだ。珍名の自覚がある奴らは、いまやもう自衛してる可能性がある。だから四人目に選ばれたのも、まだ世間知らずな中坊だった」

「たしかに、今はスタンガンだって一般人でも簡単に手に入るから、下手に手出ししたら返り討ちに遭うのが関の山……かもですね」

「ああ。まず元ＡＶ女優ってのが噂になって誰かの耳に入り、それに加えて、非力な女で、しかも結婚して男の名字に変わったばかりだった。自分が珍名になったという自覚が薄かった。だからこそ容易にヤマダの息子に襲われたんだろうな。そりゃ薬師女萌子より、こっちを選ぶわな」

「名字が……変わったことで」
テレビのコメンテーター達はこの報道を受け、一様に困惑した顔を浮かべた。
『結果として、薬師女萌子さんは被害者ではなかった……ということになりますね。
これはどういうことなんでしょう』
『考えられるのは、犯人、ヤマダの息子の気が変わったか、あるいは……』
『まさか虚言……ということはないと思いますが、なんとも』
純は、姿を消してしまった薬師女のことを思った。

14

「おーい、おーい、誰かいるかい、おーい」

昼時を少し過ぎた頃、戸を叩き、呼びかけているのが聞こえてきた。

「あ、不倫君。いたのか」

純は読書を中断して対応に出ていくと、声でだいたいわかっていたが、そこにいたのはやはり出頭と田中島だった。

「表の張り紙、なんだい」

「あれたしか、店の中に貼ってあった名字だよな」

その日からいれずみやの戸口には『休』『留守』と書かれた紙が貼り出されていた。

「はい、たしかにあれは『休《やすみ》』さんと『留守《るす》』さんの名字を書いたものですが、突然にカズさんがヤマダの息子の事件が終わるまでいれずみやを臨時休業する……って言い出して。そういう意味で、店の壁からはがしてきてあそこに貼り付けたんです」

「ああ、なるほど。どうりで静かなわけだ」

出頭がいれずみやの中を見回してうなずく。常連達にも当分来ないようにということは言い渡してあった。今は純一人だけになっていた。

田中島が眉を寄せて尋ねる。

「じゃあ、薬師女萌子さんも……？」

「あ、はい。五人目の被害者が見つかった日、いつの間にか姿を消してから……一切、姿を見せていません」

「なにっ、本当かい」

「なんだ、おい田中島、お前さては惚《ほ》れたのか」

「はあ⁉　んなわけないじゃないですか、デガさん」

「ムキになると余計怪しいぞ。あれはモテそうだからなあ」

「あのですね、俺は……っ」

田中島をからかった出頭は、ちょっと一服させてくれ、と煙草《たばこ》に火をつけた。

「彼女、今また大変なことになってるみたいだな」

「あ、はい……そうみたいですね」

出頭は自分の吐き出した煙を目で追いながら、しみじみ呟いた。

「またしてもマスコミに追われる身になったんだなあ、薬師女萌子は。因果な人生だな。もう、そっとしておいてやりたいもんだ」

悲劇の女性として語られた第五の被害者、その一方で、結果的に被害に遭うことがなかった薬師女の無事は誰も喜ばず、それどころか、むしろ批判の矛先が向けられる対象となった。メディアが積極的に、両者を対比した存在としてクローズアップした。

『またも嘘を吐いたお騒がせ虚言癖女、薬師女萌子』

まず先陣を切って週刊誌のそんな見出しが薬師女の写真とともに満員の電車の中吊《なかづ》り広告に躍り、無数の人々の目に留《と》まった。後を追うようにテレビやネットニュースも再び薬師女への否定的な論調へと展開し、ほとんど洗脳するようにして国民のヘイトを煽《あお》っていった。五人目の被害者が出たことによるやり場のない怒りや悲しみ、それら全部をぶつけるはけ口を多くの人が求め、そのお誂《あつら》え向きな存在が薬師女だった。

『夜桜散《いみなし》さんに謝れ』

『夜桜散《いみなし》さんはお前の代わりに殺されたんだぞ』

『辛い人生を送ってきて、ようやく幸せをつかんだと思った夜桜散さんがあっけなく殺されて、薬師女みたいな女がのうのうと生き残るなんて』

『本当にビッチなのは、夜桜散さんではなく薬師女みたいな清純ぶった女』

『全部自作自演だったんじゃねえの？』

連日に及ぶ各方面からの攻勢は、ネットをわずかに確認しただけでも、かつての盗作騒動の時以上であることは明らかだった。純は叔父が殺された直後の日々がフラッシュバックしてすぐに見るのを止めた。

「かわいそうに……」

田中島が無念そうに呟く。

「盗作騒動の時もそうだったもんなあ……あの子。盗作なんてしてませんって、可愛い顔して頑なにそう主張し続けて。一切言いわけしてなかった。なんか、俺は見てて痛々しくなったね。世論はちょっと叩き過ぎだったよな」

出頭はまるで自分の娘を想う父親のようだった。

「実はこの前、薬師女さんと二人で外に出た時に、ヤマダの息子に襲われることがあって」

「なにっ、本当かい」

「はい。間一髪で、カズさんが助けてくれたんですが」

「そんなことがあったのか……」

途端に出頭は刑事の顔に切り替わった。

「しかし、そういうことがあったらきちんと警察に教えてくれないとな」

「すみません」

「それで、一《まぶた》は？」

「あ、はい……」

田中島に鋭く問われ、純が慌てて答えようとする寸前に、もう一人遠慮会釈なく姿を現す人物があった。

「おい、なんだ休業って」

「うわっ」

それは一《まぶた》と同じ、肉食獣のような風格を持つ佐藤だった。訓練されているのか、足音も気配も消しているため純はたいそう驚いた。

「佐藤さん、いらっしゃいませ、あのですね、実は今いれずみやは……あ」

鈍いところがある純でも、その空気の変化は肌で感じ取った。

佐藤が出頭や田中島と対面した瞬間、決して混ぜてはいけない薬物同士を配合し、化学反応が起きたように張り詰めた緊張と沈黙が広がった。

「サツ、か」

先に口を開いたのは佐藤だった。二人を見ただけで警察の人間だとカンづいた。

「佐藤組の」

出頭も佐藤という名前を聞いただけで即座に察しをつけた。

「なるほどなあ。彫り師の常連客といえば、そりゃあスジモンだわな。やっぱりこういう人種とつるんでるのか、一《まぶた》京太郎は。類は友を呼ぶ、だな」

田中島は鼻で笑い、若さからくる好戦的な態度を隠さない。触発されて佐藤の肩がピクリと動いたのがわかった。

「待て待て、こんなところで警察とヤクザがケンカするなよ」

不穏なムードが漂いそうになったところへ、出頭がすかさず牽制《けんせい》に入ってくれた。

純は心底ホッとした。

「それで、一《まぶた》は？」

　佐藤は純の方へ向き直り、さっきの田中島と全く同じ質問をした。実は似た者同士な二人なんだろうかという考えが過りながら純は答えた。

「それが……今日は、パチンコにいったり……ブラブラしてるみたいです。夜になるとお酒を飲み歩いてて」

「なんだそりゃ。遊び回ってるのか」

「僕にもよくわからなくて」

「フン。本当にふざけた野郎だな」

　田中島が吐き捨てる。内心、純も店を一人で押しつけられて困惑し、そしてわずかに幻滅もしていた。しかし、出頭だけは違う受け取り方をしたようだった。

「あいつも……いろいろあったからなあ。本当はもう、血生臭いことなんかには関わらず、そっとしておいてやりたいんだが」

「暴走族の総長でしょ。有名ですよ、俺も警察に入ってからいろいろ聞いたことがある。でもそんなの自業自得でしょ」

「珍走団、じゃなかった、珍姓団……」

　純はつい言い間違えてしまう。

「ああ、そうだ。不倫君よく知ってるな。……たしかに、昔のあいつは本当に手のつけられない暴れん坊だったよ……。とにかくもうしょっちゅう喧嘩してて、生傷が絶えなかった。特に、自分の名字を馬鹿にしてくる奴なんか片っ端からぶん殴ってたなあ」

「やっぱり」

「でもあいつは、すっかり心を入れ替えたんだ。だからこうして、立派な店まで持てるようになったんじゃないか」

懐かしい思い出話をするようにして、目を細めつつ周囲を見回す。出頭の顔に浮かんでいる表情は刑事のそれではなく、親戚や恩師のようだった。

「でも」

出頭の心境に水を差すことになるが、それでも純は言わずにいられなかった。

「人って、そんなに簡単に変われるものでしょうか」

「そうだ、そんなわけがない」

勇気を出して発した純の問いかけに、すかさず田中島が賛同した。

「俺だって、昔は信じてましたよ。捕まった奴は、きっと更生してくれるだろう……って。でも現実は、そんな簡単にいかないことばかりじゃないですか」

「簡単に……か」

出頭は短くなっている煙草を気休めのようにもう一度咥《くわ》えた。それから一点を見つめ、煙を吐き出すようにして中空に呟いた。

「簡単では……なかったなあ」

一《まぶた》の過去を深く知っていそうな出頭に、純は尋ねずにはいられなかった。

「あの、よかったら、教えてもらえませんか。カズさんのこと」

出頭は横目で純を確認し、その真剣さを見定めた上で、

「たぶん……彼女のことがこたえたのかもなあ」

「カズさんにも、彼女さんがいたんですね」

「ああ。いたよ。それは愛し合ってた。総長張ってたあいつには女なんて無数にいただろうが、その人だけは特別だった。そんな女だ」

話すべきかどうか、まだ迷っているという色を顔に浮かべながら、出頭は少しずつ語り出した。

「ある時、その彼女を、対立していたグループに拉致されてな。さんざんおもちゃのように弄《もてあそ》ばれた挙句、最後は……殺されてしまった、ということがあった」

それはまるで、純には別世界の出来事に聞こえるほど現実感のない話だった。

「その姿は……俺も、ずっとこの仕事やってきて、ひどい事件はたくさん見てきたけど、あれは、ちょっと、さすがに、あまりにも惨過《むごす》ぎた……」

出頭の言葉は語尾に向かうほど涙声のように滲《にじ》んでいった。

「もしかして……」

「ん？　どうした、不倫君」

「その彼女の名字って、『鯛焼』っていうんじゃ……？」

「なんだ、知ってたのか？　そうだ。あいつがうしなった彼女の名前は、『鯛焼』。鯛焼志《し》保《ほ》さんという女性だった」

純は脳裏で、薬師女の言葉がフラッシュバックした。

誰か大切な人の名字なんじゃないですか。

薬師女の想像は当たっていた。

「鯛焼……ねえ。そんな名字もあるんだなあ」

田中島は名字が貼り巡らされたいれずみやの中を見回し、感嘆した。

「『鯛《たい》』『蛸《たこ》』『鰯《いわし》』あるいは『餅《もち》』『外郎《ういろう》』なんてのもあるくらいだもんな」

「だからあいつは、亡くなった彼女の名字をあいうかたちで背負ったんだ」

「彼女の、名字を……」

純は思わず右の二の腕を押さえた。

「そういう男だから、俺にはあいつが、不倫君の叔父さんをはじめ、多くの珍名の方が犠牲になった今回の事件を投げ出すとはどうしても思えないなあ。あいつはまだ、諦めてないんじゃないか」

各々《おのおの》が考え込みその場に沈黙が訪れると、舌打ちして切り出したのはしばらく黙っていた佐藤だった。

「ったく。そもそもなあ、本当にどうなってやがるんだよサツの捜査はよ」

今度は佐藤が田中島に突っかかる番だった。

「なに」

田中島が過敏に反応する。佐藤は田中島を真っ直ぐ見据えた。

「もう五件も、おかしな名字の人間が殺されてるよな。どんな人間だって行動半径なんざたかが知れてるもんだ。のわりに、不審人物の一人も見つからねえのか。犯人候補の一人もいねえっつうのかよ。なあ、おい。ちゃんとやってくださいよ、公僕殿」

「簡単に言うな。今、前科者や怪しい人間を片っ端から洗ってる。お前らこそ、ここら辺は組のシマだろう。それを好き勝手荒らされて、ヤクザとしてのメンツってもんはないのか」

「ふん。ヤク中でもないただのわけのわからん奴のやることなんざ、うちがいちいち構ってられるか」

二人はでこを押し付け合い、チンピラ同士のケンカのようなものがはじまっていた。出頭は呆れ果て、もはや止める気がないのか傍観するばかりだ。

「もう、止めてください……っ!!」

佐藤も、田中島も、出頭も目を丸くして振り返った。声を上げて割って入ったのは純だった。

その場にそろった強面の男達に一斉に注目されると、純はとたんに慌ててしまった。

「あの……ちょっと聞いてもらえませんか」

「なんだい」

優しくフォローを入れてくれるのは出頭だ。

「頭のおかしい殺人鬼、みたいに言われがちですけど、あの……事件を追いかければ追いかけるほど、僕にはこの犯人、ヤマダの息子の気持ちがわかる……っていうか。あ、いや、殺人鬼の気持ちなんかわからないんですけど」

「どっちだよ」

佐藤が突っ込む。

「僕にとって、父親って、本当に大きな存在なんです。人生の目標というか、道標というか、とにかく絶大で、ちょっと大袈裟なんですけど、神様みたいで」

「わかるよ。男にとって父親って、大なり小なりそういうとこあるよな」

「はい。それで、あの、現場に残された犯行声明の中でも、少しだけ父親について触れている箇所がありましたよね。そこが気になって」

「ああ、そうだったな」

「それに、ヤマダの息子って名前——それで、僕、思ったんです。たぶんこの男も、父親を追いかけているんじゃないかなあ……って」

「ふむ」

「つまり、ヤマダの息子の父親も、同じように事件を起こしていたんじゃないかって」

「なるほどな」

幾分か落ち着きを取り戻した田中島が腕組みしてうなずいた。

「僕なりにここ最近、図書館に通って調べてたんです」

「不倫君、たしかこの前のデートでも図書館に行ってたよな」

「はい。あの、みなさん、この事件をご存知ですか」

純は自分のスマホを操作して机の中心に置いた。三人がそれをまじまじとのぞき込んでくるから、純は圧倒されそうになるのをなんとか堪えた。

画面に映っていたのは、二十年以上前の新聞の記事だった。

15

物心ついてからずっと続いたヤマダのその暮らしも、幸か不幸かある日終わりを迎えた。

ギリギリまで水の溜まった器に最後の一滴が落ちて溢れてしまうように、自分達母子への嫌がらせが、本格的に、毎日のようになされはじめたのだ。これまでの日々は前触れでしかなかった。その最後の一滴になったものは一体何だったのだろうと、幼いヤマダは考えもしたが、その時にはまだわからなかった。

この村から出ていけ、いや村中の人間に謝罪しろ、責任を取れ、日々浴びせられるそんな言葉に母親はただじっと耐えていた。一日のほとんどの時間家にいるようになった。まるで突然嵐が訪れたようで、最初はわけがわからなかった。しかし心のどこかで、漠然といつかこんな日が来るのではないかとヤマダは予感してもいた。それが当たったのだ。ついに来るべき時が来てしまったと、子供なりの諦念があった。

人殺し。

罵声《ばせい》はさまざまだったが、特にこの言葉だけは浴びせられない日はなかった。どんなに家にこもって両手で両耳を塞いでも届いてくるのだ。次第にそれは、実際に言われているのか、それとも自分の頭や心が生み出している幻聴なのかもわからなくなるほどだった。

自分が、この土地の人達を殺すことばかり妄想していたから、それがバレたのだろうか。ヤマダはそんな風に考えもした。

母親はもはや涙が涸《か》れ果ててしまったのか、泣くことすらしなくなっていた。放心したように、蒼《あお》ざめた顔で部屋の中の虚空の一点を見つめてばかりいた。髪は乱れ、服も着替えず、化粧にいたってはこの土地に来てからもうずっとしているところを見ていなかった。ヤマダが呼びかけても、肩を揺すっても、反応はなかった。部屋の中は、母親の心情を映すかのように日に日に荒れ果てていった。

ある夜、眠っていたヤマダは突然強く揺さぶられ目を覚ました。かすかに聞こえてくる声と手の感触、どうやら母親に起こされたらしい。寝惚《ねぼ》けた頭でカーテンもない部屋の窓の外を確認したが、まだ真っ暗だった。月も見えない。家の中は一年中隙間風が吹き込んでいて少し寒かった。一体何事かと尋ねようとした時、ヤマダはぎょっとしてしまった。眼前に浮かんでいたのは、まるで般若《はんにゃ》のような、青白くて、泣きながら怒っているような母親の顔だった。これまでも悪さをして母親に怒られることはあったが、それでもこんな顔は見たことがない。哀しそうで、怖かった。

ヤマダは手を引っ張られ、布団から引きずり出されると、無理矢理足を突っ込まれて靴だけはかされた。母親自身も着の身着のままで、幼いヤマダを連れて逃げるように集落を出た。家にある荷物のほとんどを残して、大きなボストンバッグ一つだけを手にしていた。まだ夜明け前のことだった。夜逃げだ。日中嫌がらせをしてくる村人達は、多くが高齢者ということもあってこの時間ならまだ寝静まっていた。とにかく強く手を握られていて、決して振りほどけなかった。

お母さん、痛いよ。しかしその言葉は声にならなかった。ヤマダは本当はまだ眠っていたかったが、それ以上にとにかく母親を、もう悲しませたくなかった。

それから、どれだけ歩いたかわからない。

子供にとっては一年という期間でも、大人にとっての十年に匹敵する。ヤマダが母親と二人で過ごした月日は、まるで永遠にも思えるものだった。ヤマダの幼少期の記憶のほとんどは、母親の背中を見つめて放浪した日々だった。

とてつもなく強い日差しの下も、雪で足が埋もれてしまう道も廻《まわ》った記憶がある。人っ子一人いない岩場のような場所も、大人の男達が夜通し酒盛りしているような場所でも夜を明かした。身なりがボロボロになっても、そんなことかまわなかった。

ねえ、お母さん、お母さん。

風に吹きつけられながら早足でとにかく前へ、前へと進む母親の背中を、幼いヤマダは必死で追いかけた。足が痛くなって、お腹が減って、とにかく少し足を止めてほしいのに、母親はヤマダの声に耳を貸してくれない。思えば、母親は逃げ続けていたのかもしれない。自分達を執拗に追いかける、何者かから。

お母さん、お母さん。

置いて行かれたくないから、仕方なくヤマダは母親の背中を必死で追いかけた。

放浪生活の中で折に触れて母親が、

「山田です」

そう名乗る瞬間がヤマダは苦手だった。自分達の素性がバレるのではないか、あの日々がまたはじまるのではないかと思うと恐くてたまらなかった。母親の後ろに隠れながら、それと同時に、もしそうなったら自分が母親を守らなければいけないという決意も固めるようになった。どこにいっても心が休まるということはなかった。ヤマダは身を守るために、まだ幼い心を、刃のように硬く、研ぎ澄ませることを覚えた。

生まれて初めて集落を出たヤマダは、一方でおおいなるカルチャーショックを受けることになった。

大きなビルも、ひっきりなしに車が走る道路も、化粧をした派手で綺麗な女性もそうだが、それ以上に、あの集落の人達が名乗っていた名字が、どこにも存在しなかったのである。

むしろ、自分と同じ『山田』という名字を何度も目にした。それがなによりうれしかった。この世で、自分と母親以外に存在しないのだとすら思っていた。

それから他にもたくさんの名字に出会った。あんなところに閉じ込められていたから気づかなかったのだ。

世界は、思っていたよりも広かった。


それまでの生き方に終わりを告げたのは、ヤマダが中学を卒業する歳の頃だった。母親が長く続けられる仕事と安いアパートを見つけて、ようやく一か所に腰を据えて暮らすことになった。

義務教育もまともに受けていなかったヤマダは、当然のように高校には進学しなかった。母親に見せられた生き様をなぞるように肉体労働を転々としはじめた。自分と同世代の子達が目に入ることもあったが、これが自分の人生なのだと自分に言い聞かせ諦めをつけた。

仕事が休みの、ある昼下がりだった。母親はパートに出ていて留守だった。家で探し物をしていたヤマダは、箪笥《たんす》の奥からたまたま一冊のファイルを見つけた。何気なく開いてみると、そこには新聞や雑誌の記事がスクラップされていた。

無駄なものがほとんどない質素な安アパートの住まいの中で、なぜこんなものがあるのか不思議だった。母親は趣味や娯楽などを持っている人でもなかった。

ヤマダは躊躇せずそれを開いた。

ざっと見たところ、ある一つの事件に関する記事を集めているようだった。

「『山田』……」

ろくに学校に通っていなかったヤマダは、読み書きが苦手だった。本などまともに一冊読んだこともない。それでもその時は憑《と》りつかれたように集中し、床にファイルを広げて這《は》いつくばって切り抜きの活字を追いかけていた。時間が過ぎ、やがて日が落ちアパートの部屋が薄暗くなっていくのにも気づかなかった。


連続殺人犯、山田《やまだ》晋平《しんぺい》。

かつて山陰地方のある都市で家族惨殺事件を起こした男。一軒家の中で母親と息子と娘という三人の遺体が発見され、ただ一人現場にいなかった父親である晋平が警察に重要参考人として緊急指名手配された。

山田は逃亡の最中にも出会った人々を通り魔的に無作為に殺傷した。殺人鬼山田としてその名前は一気に日本中に広まり、当時、辺り一帯に暮らしていた人達は凶行に走る山田を恐れた。

最初の一家惨殺事件から一か月後、ようやく山田が警察に逮捕された時、日本中が安堵に包まれた。

山田は長年不倫をしており、不倫相手の女との間に男の子供が一人いたことが後にわかった。自宅とこの不倫相手の親子の住むアパートを行き来し、二重生活を送っていた。妻との関係はそのことで完全に冷え切ってしまい、子育てにも積極的ではなかった。警察の取り調べでは、愛していたのは不倫相手の方だったとはっきり語っている。

どうやら山田を凶行へと焚《た》きつけたのはこの不倫相手の女だったと目された。一人の平凡な男を大量殺人犯にまで変貌させてしまった毒婦として、この女も大きく注目され、批判的な意見を持つ者も少なくなかった。しかし立件できるほどの決定的な証拠はなく、結局、女が捕まることはなかった。

事件後、この不倫相手の親子も元の生活は営めなくなり、女の故郷の集落へと身を隠したと言われている。

これだ。

起きた年代も、地域もぴたりと一致した。

集落の人達が言っていたのは、あの人達の心に落ちた最後の一滴は、この事件だったのだ。

謝罪しろ、償え、さんざん迫られ、追い詰められ、集落を逐《お》われた。それは自分達親子が、この不倫相手の女と子供だったから。

そして父親は、記事の中のこの男に間違いない。山田。同じ名字だ。

山田晋平。それがずっと知りたかった、自分の父親だった。

自然と脳裏に、何度も聞かされたあの言葉がまた蘇ってくる。

人殺し。

途方もない事実に、ヤマダは無力感を覚えた。夕闇の中に沈んだ部屋で、一人膝からへたり込んだ。

ちょうど、同世代が大学を卒業して社会に出る年だったと記憶している。ヤマダは一度だけ母親に聞いたことがある。

「おれの父親って、どんな人だったの」

できるだけ素っ気なく、何気ないことのように振る舞いながら、その言葉を口にした時のものすごい緊張を今も覚えている。

その後の母親の答えを聞き、ヤマダは確信した。

ヤマダが口に出して父親のことに触れたのは、後にも先にも、そのたった一回だけだった。

苦労続きの人生で、母親は実年齢よりずいぶん老け込んでしまっていた。ヤマダから見てもその外見は完全に老婆になり果てていた。よその女の人と比較してもまるで違う。そんな母親に、それ以上深く聞くことなどできなかった。集落でのことを母親に思い出させてはいけないと思ったし、何より自分自身が口にするのも嫌だった。あそこは、これまで移り住んできたどんな土地よりも一番の地獄だった。

自分の父親は、人殺し。

ずっと喉につっかえるようだったその事実を時間をかけて少しずつ少しずつ飲み下していくと、次第にヤマダは、それが全能感に変わりはじめているのを感じた。

自分達母子二人だけだと思っていた、でもそうではなかった。多くの味方をつけた。いまや形勢は、完全に逆転した。

そう考えると、まるで心がタイムスリップしたかのようにあの頃の憎悪が生々しくぶり返してくるのを感じた。

ずっと夢想していた。あの集落の人間を皆殺しにすること。

本当にできるかもしれない。

自分は、山田の息子。

人殺しの、息子。

自分の力ではもうどう頑張っても変えようのない、生まれながらの烙印《らくいん》。

16

次のターゲットはなかなか決まらなかった。

妄想の中では何度も繰り返していたものの、実際やってみると動物相手とは勝手が違い、最初は上手くこなせなかったのが殺人という行為だったが、慣れてくると幾分か落ち着きを持って臨めるようになった。失敗したこともあったが、夜の闇に乗じれば難しいことはない。誰かに見つかるかもと無闇に不安を抱いていたのもせいぜい二人目くらいまでだ。三人目、四人目、そして殺すのも五人目までできた時には、そんなものが一切消え去っているのがわかった。

早く次をしたくてウズウズしていた。我慢できなかった。

決して警察に捕まりたくはなかったが、しかしだからといってこれで終わりにする気はなかった。やれるところまで、いけるところまで、できれば日本中の珍名を狩り尽くしてやるつもりだった。

ちょうどいい奴がいたじゃないか。

見つけた瞬間歓喜した。即決だった。こんなのがずっとのうのうと生き延びていたのかと、ヤマダは一人で神に感謝しほくそ笑んだ。

その日の晩には決行を決めた。いつものように闇の中に身を潜めていると、そんなヤマダの鼻の頭にふいに雫《しずく》が一滴落ちた。もしかしたら誰かが見ていて、これから自分がやろうとしていることを咎《とが》めているのだろうか。そんなはずはない、何を今さらというものだ。しかし見る見るうちにヤマダを細い鎖で縛るように小雨が音もなく落ちはじめた。見上げると、空は何者かの大きな手で雑に搔き混ぜられたようにぐずついていた。天気予報などろくに見る習慣のないヤマダは今夜の空模様を知らなかった。これまでの殺人はずっと晴れていた。当然傘やレインコートなど用意していないし、そんなものを使っていたら余計目立つ。事がやりづらくなるかもしれないが、しようがない。これ以上、行為を我慢することなどヤマダにはできなかった。辺りが濡《ぬ》れたアスファルトの匂いに包まれる。

やがて標的が現れた。今日も一杯やってきたらしく、気分よく酔っぱらっているようだ。この雨の中傘を差さず、かといって急ぐでもなく濡れるのも気にしないで進む様は少しだけ自分と同類のようにヤマダに感じさせた。他の多くの珍名達と違って警戒している様子も感じさせない。ヤマダは標的の間抜けさに感謝した。

そんな名字して、よく平気でいられるな。今、世間で何が起こってるのか知らないのか。

この場で近づいていってもいいが、様子を見ることにした。焦る必要はない。絶好のタイミングが訪れるのを待った方がいい。相手が自分の前を千鳥足で通り過ぎると、十分な間を開けてからヤマダもゆっくり歩き出した。

気づかれる心配はまずないだろうと思われた。水溜りの広がる足元を気にしつつヤマダは一歩を踏み出した。

そういえば今回は殺した後、どう仕上げるかもまだ決めていない。これも初めてのことだ。一体どうしようか。いいアイデアが浮かぶだろうか。

まあいい。それは後回しだ。

しばらくよそのことを考えていたせいだろうか。夜ということもあってヤマダは気づくのが遅れた。いつの間にか、自分の立っている場所の風景が一変していたことに。ゾクッとした。雨で体が冷えているからではない。何かに取り囲まれている気配がする。

足を踏み入れていたのは広大な霊園だった。ヤマダは自分を取り囲むものが墓石や卒塔婆であると気づいた。物言わぬ無数の墓標は、硬質な輪郭を今夜は雨に打たれ光らせながら等間隔で並んでいる。その一つ一つにはそこに眠る者達の名前が刻まれていた。植えられた銀杏《いちょう》の木が頭上を覆うように風に葉を揺られ枝がしなり、それがまた不気味さを醸し出していた。

背丈ほどもある墓標がすぐに視界を遮り、標的を見失いそうになる。しかし身を隠すことも容易であり、そもそも他の人間に出くわす危険がなさそうだという点では動きやすい場所ともいえた。

雨音のヴェールに慣れてくると、その下にはいっそ耳に痛いほどの静寂が広がっていることに嫌でも気づいた。標的は相変わらずふらふらとしながらも慣れた様子で霊園の奥へと進んでいく。一体なぜこんなところへ入り込んだのだろうか。

罰当たりが。

自分を棚に上げてヤマダはそんな風に思った。標的から目を逸らさないようにしながら、湿った上着のポケットから金槌を取り出した。これでもう五人殺している。手にするとその一人一人の記憶が思い出される。拳銃を使ったこともあったが、上手く扱えなかった。それに何より、殺したという感覚がない。やはりこれがいい。雨で滑らぬようしっかりと柄を握り込む。

ふいに標的が足を止めた。再び歩き出す気配がない。スマホをいじっているというのでもなさそうだ。この雨の中を、物思いに耽っている風だった。

いや、酔っぱらいのやることだから、何も考えていないのかもしれない。

それともまさか、気配を勘づかれたのだろうか。ヤマダはとっさに墓石に半身を隠してみた。

どうするのかと見ていると、標的はゆらりと体の向きを変え、傍らの墓石と正対した。この場所に無数に並ぶ他のものと何も変わらない、何の変哲もない墓石だ。手を合わせるでも、物を供えるでもなく、ただじっと見つめている。表情を細かく観察できない部分もあるが、その横顔はものすごく真剣なようだ。いけると思った。

まるで全てをシャットアウトしていて、外界からのあらゆる雑音がその男には届いていないように見えた。

今が絶好の機会だ。ヤマダは大股で相手との距離を一気に詰めた。水溜りの泥水が跳ねるのも気にしない。大胆に動いても平気だと思った。

手が届く距離まで近づき、後ろに立ってもまだ気づかない。ヤマダは余裕を感じて幾分か溜めを作り、軽く息を吸い込みつつ手にした金槌をゆっくり大きく振り上げる。

その時、相手の後頭部越しにヤマダの目に飛び込んできた。その墓石に刻まれていた『鯛焼家之墓』という文字が。

17

すっかり日が落ちていたことに、話し終えたところで純は気づいた。
三人がやって来た時はまだ日中だった。窓の外はゆっくり夕陽に焼かれはじめ、その明度が落ちて次第に薄闇へと塗り変わった。それと同じくして小雨が滲み、まるで今そこにいる人間の心情を写しているような変わり様を呈していた。

「結局、人殺しの息子は人殺し……ってことか」

純の話を聞き終え、田中島が発した第一声はそれだった。

「アメリカなんかで学者に研究されてるらしいぞ。ＦＢＩの犯罪心理分析でも判明してることだしな。彼らが調査したところによると、なんと殺人犯の半数以上はその親にも犯罪歴があった。あるいは、ドラッグやってたり、アルコール中毒だったりだ。犯罪者を親に持てば、子供は高い確率で自身もまた犯罪にはしる。環境なんだか、ＤＮＡなんだか、そこまではわからんが……な」

「そんな」

純には、それはあまりにも容赦のない物言いに聞こえた。

「仕方ない。こんな仕事してるからこれまで犯罪者なんて何人も見てきたが、生まれ育ちに恵まれた奴は一人もいなかった。身体的なものにしろ、精神的なものにしろ、いずれであれ虐待としか言えない行為を散々聞いてきた。その点は、まあ……同情の余地はある」

「虐待……でも、そんな」

純は、縋るような眼差しで出頭に意見を求めた。

「どうなんだろうなあ……まあ人間ってのは、弱い生き物だからな」

しかし出頭も強く否定することはせず、曖昧に言葉を濁した。やり切れなさに、純はどうしようもなく落胆した。

「ふん」

付き合いきれないというように、佐藤が背中を向けてその場を立ち去ろうとした。

純はとっさに追いかけるように声をかけた。

「佐藤さん」

純の呼びかけに佐藤は一度、足を止めた。

「俺らの世界でもな、親父さんの言うことってのは絶対なモンだ。そのヤマダのなんとかって野郎がそう決めたんなら、誰も止めたりなんざできねえだろうな」

「佐藤さんも……お父さんのことを尊敬していらっしゃるんですね」

「……まあな……」

じゃあな、店が再開したらまた来るわ。そう言い残し、それ以上言葉を交わす隙を与えず佐藤は立ち去った。いきなり現れたかと思えば用が済んだら姿を消す、佐藤はいつでも何物にも縛られずに生きているように見えた。

「なんだ、あいつは」

田中島が吐き捨てる。

「……あの、さっきの続きですけど……」

純は出頭と田中島に向き直った。まだ聞きたかったことが残っていた。

「カズさんは……ちょっと聞いたんですけど、その、刑務所にも入ったことがある……って」

それを口にするのには勇気がいった。漠然と、もう後戻りできないかもしれない、そんな風に純は感じた。

「……ああ……」

わずかな間を置いて、出頭はうなずいた。

「それであいつは、彼女を奪われた後、そいつら全員の元にたった一人で乗り込んでいったよ。間違いなく、殺すつもりだったろうな。俺達警察もすぐに追いかけていって、もう本当に奇跡的に、なんとか全員ギリギリ一命を取り留めることができた。半殺しで済んだんだ。結果として、あいつは……傷害罪でムショにブチ込まれた。まあ、後悔はしてないだろうな。気持ちはわからなくもないが……どれだけ相手をボコボコにしたって、彼女は戻ってこんのになあ」

出頭は目をつむり、やり切れなさに静かに首を振った。

純は、どう受け止めればいいのかわからなかった。気の毒だと思ったが、それでもどうしても、どこかで一《まぶた》の自業自得でもある気がした。

とにかく、これまで出会ったことのない、大きな業を背負った人物なのだと感じた。

それが、一《まぶた》京太郎という男なのだと。

一《まぶた》のことで頭がいっぱいになっていたところへ、机の上に置いてあった純のスマホが振動した。上からのぞき込み画面表示を確認すると、

「あれ、薬師女さんからだ」

出頭と田中島から出てみろと促された。少しだけ嫌な予感がした。

「もしもし？　薬師女さん、どうし……」

『あ、純君、大丈夫？　なにも危険な目に遭ってない？』

純が第一声を言い終えるより先に、薬師女の言葉が飛び込んできた。いつになく切羽詰まった雰囲気があった。

「え？　はい、別になにも」

『一《まぶた》さんは⁉』

「あ、今、ちょっと出てて……」

電話の向こうで薬師女が息を呑むような間があった。

『純君、ごめんなさい』

「えっ？」

『大変なことになってるかもしれないの』

「それは、どういう……？」

『とにかく、一《まぶた》さんがヤマダの息子に襲われるかも……っ』

電話はそれからすぐに切れた。耳を近づけて一緒に聞いていた出頭と田中島は、真剣な顔を向き合わせ、外へ飛び出していった。

事態が、大きく動こうとしている。純はそんな気配を感じていた。もしかしたら、このヤマダの息子の連続殺人はもうすぐ終わるのかもしれない。

自分も何かしなければいけないと思いながら、でも、何ができるのかもわからなかった。気ばかりが急いて、いれずみやで待つしかない自分を歯がゆく思った。

なんとなくじっとしていられなくて、純は掃除をはじめた。少しでも気を紛らわしたかった。

ゴミを拾おうとして屈《かが》んだところで、ふと視線の先、棚の陰に異物を見つけた。

「ん？」

それは見たところ丸みを帯びたかたちと独特の質感をしており、本来いれずみやにあるはずがないもののように見えた。手を伸ばし、拾い上げてみる。

なんでこんなものが。

そうして一人でやり過ごしていた純の元へ、入れ替わるようにしてまた一人の人物が訪ねて来た。

「ヤクザと刑事がいっぺんに訪ねてくるとは、にぎやかな場所だねえ」

「あれっ、あなたは……」

現れたその人物は、たしかに見覚えのある顔だったが、思い出すまでに少し間が空いた。

「やあ。無事ここまで来られたようですね」

「あの時は本当にお世話になりました」

純は大きく頭を下げる。それは純が初めていれずみやまで来る時に、道を尋ねた老人だった。

「もしかして、おじいさんもいれずみやのお客さんだったんですか」

「ええ。昔、お世話になりました」

「ということは、おじいさんも珍名さんだったんですね」

純の言葉に、老人は愉快そうに笑った。

「しかしいれずみやさんが臨時休業とは前代未聞だねえ」

「すいません、カズさん、今ちょっと出ていて……」

いれずみやのアルバイトとして純は平謝りする。すると老人は今思い出したように、

「ここの店主なら、あそこで見かけるって話がよく入ってくるなあ」

「え⁉　それはどこですか、教えてください」

純は思わず老人の両肩を摑んで問いかけた。老人は決して笑顔を絶やすことなく真っ直ぐ純に向き合って答えた。

「二丁目の霊園だよ。あそこは彼の大事な人が眠ってる、特別な場所だからね」

老人がその言葉を言い終わる頃には、純はいれずみやを飛び出そうとしていた。

「おじいさん、ごめんなさい、僕、ちょっと行かないと……ありがとうございますっ」

老人は出て行く純にゆっくり手を振り見送った。

「いってらっしゃい」


ヤマダの振り下ろした金槌がまさに到達するというその瞬間、時が止まった。いや、自分達を取り囲む細かい雨だけは今も絶え間なく降り続けている。自分だけが、金縛りにあったように動かなくなった。意思に反して金槌を摑んだ腕を上げることも下げることもできず、手首からは痛みと熱が広がってくる。

その男が背中を向けたままヤマダの腕を摑み上げていた。

信じられなかった。軽々とやってのけているように見えるのに、ヤマダがどんなに力を込めても振りほどくことができない。

そしてその背中からは、さっきまでは一切感じられなかった、ほとんど殺気のような圧が放たれている。

「あいにく酒は強くてな。酔っぱらっちゃいねえよ」

そのままの体勢で男が声を発した。野太い、ドスの利いた声だった。

「……会いたかったぞヤマダのクソ野郎……」

そう言いながら、ヤマダの腕を捻《ひね》り上げて突き飛ばした。ヤマダが地面に倒れ込むと、ゆらりと立ち上がる。下から見上げた男の体軀は立ち並ぶ墓石に負けないほどの威圧感があった。

「俺を襲おうとはいい度胸じゃねえか」

あの男だ。

既視感があった。以前にも、たしかに対峙《たいじ》した。

男は、この状況でニヤリと笑った。ヤマダには信じられなかった。目の前の男は、自分よりはるかに強靭な精神の持ち主であることは疑いようがなかった。自分とこの男では数段、潜り抜けてきた修羅場の数が違うのだろうか。

こうなると小回りの利かない金槌は使いにくい。ヤマダはそれを傍らに放り、代わりに腰のポケットに準備していたもう一つ別のものを取り出した。目の前に構えると、折りたたまれていたナイフの銀色の刃先が暗闇を切り裂くように飛び出す。

じりじりと、お互い間合いを取る。威嚇するためにヤマダはナイフを見せつけるように突き出した。しかしそれに臆するような相手ではなかった。踏み出そうとしたヤマダよりわずかに速く、男が今度はヤマダの脚めがけてタックルした。雨に濡れた霊園の地面に二人で倒れ込む。素手の男に対して武器を持っているヤマダの方がアドバンテージがあったはずだが、密着し過ぎて上手く振るうことができなかった。男はナイフを使わせないように、ものすごい力でヤマダの右腕を掴み上げてくる。犯行を繰り返したヤマダより、明らかに男の方がケンカ慣れしていた。二人は組み合ったまま何度も転がり回った。


小雨が降っていたこともありビニール傘を片手に純は霊園へと辿り着いた。思わず飛び出したものの、本当にいるのか半信半疑のまま、碁盤の目状になっている区画を端から回る。

同じような墓石が延々と並び、どこまで入り込んだのかもわからなくなってきたところで足を止めた。臆病な性格の純だからこそ、いち早く気づけたのかもしれない。

闇の中で動くシルエットと、緊迫した息遣い。

たしかにそこに、二人の男が取っ組み合う、この場所にはそぐわない光景があった。

大柄な方が一《まぶた》だろう、そしてそれに比べて少し華奢《きやしや》なもう一人。

これが、あの時襲ってきた男、ヤマダの息子なのか。

ずっと世間を騒がせてきた連続殺人犯がそこに。そう思うと腰が引け、足が竦《すく》んだが、純は深呼吸して自分を奮い立たせた。

墓石の陰に隠れながら様子をうかがう。いざとなったら、このビニール傘で応戦する。そのつもりでできるだけ先端の尖ったものを選んできた。

しかし明らかに、状況は異様なものだった。

華奢な方、ヤマダの息子がナイフらしきものを持って襲い掛かり、それを大柄な一《まぶた》がひたすらにいなしている。それがあまりにも一方的な構図だった。たまに反撃に転じて押さえ込もうとするのだが、それ以上の追撃ができず、死に物狂いで四肢を動かすヤマダにすぐにひっくり返されてしまう。致命傷こそ受けていないようだが、これでは丸腰の一《まぶた》はやられるのは時間の問題に思えた。

なんで反撃しないのだろう。馬乗りになって今がチャンスなのに、どうしてそれ以上何もしない。

純の目には、まるで一《まぶた》が、全力を出すことを躊躇《ためら》っているように見えた。

見つかるリスクも忘れてつい墓石からグイと身を乗り出しながら、純は焦《じ》れてしようがなかった。

また身体の位置が入れ替わると、一《まぶた》の喉元目がけてナイフが振り下ろされた。その衝撃に反射的に純はぎゅっと目をつむり顔を背けた。

恐る恐る目を開けて確認すると、自分に振り下ろされた刃を、一《まぶた》は両手で受け止めていた。右手でヤマダの息子の手首をつかみ、左手でナイフの刃を握って。

少しでも力負けすれば、間違いなくやられる。一《まぶた》はヤマダの息子の手首をへし折らんばかりに渾身《こんしん》の力でつかみ上げていた。恐らく一《まぶた》の左手の掌《てのひら》はズタズタになっているはずだった。

「どうだ」

ふいに低音の一《まぶた》の声が純の耳にまで届いてきた。

「この腕一本、お前にくれてやろうか」

大切な人の名字が彫られた腕を見せつけながら、一《まぶた》はヤマダの息子を挑発した。

純は自分の今取るべき行動を必死に考えた。このままでは一《まぶた》がやられるかもしれない。けれど自分が出ていったところで、足手まといになるのは間違いない。考えろ。考えろ冷静に。

「カズさんっ」

墓の裏から声を張り上げると、一《まぶた》とヤマダの息子が同時に振り向いた。

「純か⁉　お前はこっち来んなよ‼」

「は、はいっ、あの、今すぐ警察が来ます‼」

純なりの威嚇のつもりだった。そう言えばヤマダの息子は怯《ひる》むはずだと。実際、さっき電話で伝えた出頭と田中島がもうすぐにでも駆けつけてくるはずだ。

純の狙いは当たった。ヤマダの息子の動きに目に見えてキレがなくなった。気が動転し、パニックになっているのだ。

考えを固めたヤマダの息子が、いきなり覆い被《かぶ》さっていた一《まぶた》から飛び退いた。そして踵《きびす》を返し、直線で区切られている霊園を即座にダッシュした。

「あっ、クッソが……っ」

一《まぶた》はすかさず上体を起こして立ち上がるなり猛然とその後を追った。さながら陸上の短距離走のようだった。

「待ちやがれ、てっめ……っ」

「あ……っ」

純が呼び止める間もなく、二人ともその場からいなくなってしまった。

嵐が過ぎ去った後のような霊園で純は取り残されていた。もう、夜が更けていく中、ただ事の成り行きに身を任せる以外に純にできることはなかった。

傘も差さず小雨に打たれて立ち尽くしながら、二人の行方を想像しては、頭の中でずっと不安が渦巻いていた。

その時、一発の硬質な破裂音が轟《とどろ》いた。

純は弾《はじ》かれたように振り返った。テレビドラマでしか聞いたことはないが、それは銃声のようだった。

まるでその音に消し飛ばされたように、一瞬で頭がクリアになった。耳を澄ませてみたが、もう何も聞こえない。暴力的で、全てを無に帰すような無慈悲さ。

叔父の命を、奪った音。

18

数日ぶりの快晴のもと、久しぶりに実家に帰ってきてみると、どこか近寄りづらいものを純は感じた。小学生の頃、風邪で一日休んで翌日登校する時の緊張感を玄関の前で思い出していた。

チャイムを押す必要はないだろう。ノック……もしなくていい。自分の家だ。少し躊躇いがちに純は音を立てないようゆっくりと玄関ドアを開けた。

「ただいま」

「純？」

その声を聞きつけてエプロン姿の母親が顔を出した。待ち構えていたのかもしれない早さだった。

「純なの」

「そうだよ。帰るって言ってあったじゃん」

今日、一時的に帰宅することは両親に予《あらかじ》め伝えてあった。

「おかえり」

それでも母親の顔に広がった、今にも泣きだしそうな喜びの笑顔に、自分で決めたことではないとはいえ、ひどく親不孝をしているのではないかという気になった。そして懐かしい、嗅ぎなれた自分の家の匂いに包まれると安堵した。何より母親の顔を久しぶりに見られたことが大きかった。

「父さんは仕事？」

「ううん……」

　母親が言いにくそうに首を横に振った。いつものようにリビングのソファに腰を下ろすと、母親がもらい物のクッキーを出し、純専用のカップで紅茶を淹《い》れてくれた。純はあたりを見回した。

　一見、何も変わっていなかった。きっと母親がまめに掃除をしているのだろう。だから綺麗な状態に保たれているのだ。そんなことも、一時的に家を出て客観的な視点を得たことで純は初めて気がついた。カーテンも開けられて光が差し込んでいる。しかし、どこか空気が澱《よど》んでいる気がした。やはり事件がいまだこの家の中にも尾を引いていた。それに一番気になったのが、家を出る前以上に、母親がずいぶん疲弊しているように見えたことだ。

「犯人……見つかったんだってね。たしか、二十代のまだ若い、無職の男の子……って。あんたとたいして変わらないから、お母さんビックリしちゃった」

「うん。死んじゃったけどね」

「でも……、これで一安心だね」

「そうだね」

「一《まぶた》さんにご迷惑おかけしてない？」

「ああ。大丈夫だよ」

ヤマダの息子の最期に一《まぶた》が深く関わっているかもしれないということまで、春子は知らなかった。両親はもうできる限りこの事件のことを遠ざけようとしていた。これ以上余計な心配をかけたくなくて、純も黙っておくことにした。

いつもならテレビでもつけるところだが、なんとなく二人黙って紅茶を口にした。

しばらくすると、家の奥から人の気配がした。

「母さん」

たしかに、そう呼びかける声がした。純は思わず耳を疑った。そんな純の反応を見て春子は一瞬だけ、しまった、という顔をしたがすぐに諦め、悟ったような落ち着きを見せた。

「母さん、母さん」

「はいはい、なんですか」

さらに呼びかけられて、春子が立ち上がって応じる。大人の男の声なのに、どこか舌足らずで幼い子供が甘えているようなところのある声音だった。純には、信じられなかった。その声はたしかに、聞き覚えがあったからだ。

「バニラアイスが食べたかったのに、冷凍庫に入ってないぞ。昨日言っただろ」

「あ、ごめんなさい、忘れちゃった」

横暴な物言いに、母親が機嫌を取って謝っている。

「父さん？」

声のする方へ、純は呼びかけた。思わず春子が足を止め、二人の間で何度も振り返った。わずかに声の主が息を呑んでいるような沈黙が訪れ、

「……純なのか……？」

そう返ってきた。こわごわと、確認するような声音だった。

「ごめんなさい、言い忘れてたんだけど、今日、純が一旦うちに戻ってくることになってて」

どこか引きずるような足音が近づいてくると、リビングのドアがゆっくり開いた。姿を現した父親を見て、純は絶句した。

「父さん……」

正志は、髪も乱れ、顔全体に無精髭を生やし、上下スウェットという姿だった。これまでずっと見てきた純の父親は、休日でも早朝に起きて髭を剃《そ》り、髪を整え、清潔な格好をしていた。純は目の前の父親の姿にどこか別の既視感を覚え、すぐにそれが叔父の姿であったことに気づいた。兄弟だけあって、実は二人はよく似ていた。

「お父さん、休んでて」

「ああ……」

ゆっくりと引き下がり、ドアが閉まるとまた足音が遠ざかっていく。純は逸《はや》る気持ちを抑えて数秒の間を置き、それから春子に詰め寄った。

「なにあれ……っ、どういうこと」

春子も自分を落ち着けるように冷めかけた紅茶に口をつけ、それから言った。

「お父さん、今ね、仕事休んでるの」

「もしかしてどこか悪いの」

「そうね」

不安でたまらない純に、春子は続けて告げた。

「しいて言えば心、かな。精神的なものだと思う」

春子もまた病人のように疲れ切って見えたが、反してその口ぶりに悲壮感などあまりなく、口元に笑みさえ浮かべていた。純にはそれが理解できなかった。

「お父さん、ずっと頑張り過ぎてきて疲れちゃったみたい」

「そんなこと言ってる場合かよ、だいたいこの家だってまだローン残ってるんじゃないの、働かなくなったらどうするんだよ」

「そうね……」

純は真剣に言っているつもりだが春子は取り合おうとしなかった。

「そういえば……」

「ん？」

「事件の直後くらいに、父さん、叔父さんの部屋で酒飲みながら泣いてた。声出して。たまたま見たんだ」

「……そう。お父さんにとって、誠次さんはずっと心の支えだったからね……」

「なんで……」

なんであんな、引きこもりのアニメオタクを。純の言葉は内心でそう続いた。

「あんたには、話してこなかったけど」

その前置きを受けて、一体何の話がはじまるのかと純の頭の中はパニックになる寸前だった。

「お父さんと誠次さんはね、二人のお父さん、あんたのお祖父さんにあたる人に、ずいぶんと辛い育て方をされてね」

「なにそれ」

「お父さんあんまり話してくれないから、お母さんもはっきりとはわからないんだけど、でも聞く限りだと、暴力も暴言も……それはすごくて。そんなのが日常茶飯事だったみたい」

「え、それって、今で言う虐待……ってこと？」

意識的にその言葉を使うことを避けているように見えた春子は、純の問いかけに、眉根を寄せて笑いながらうなずいた。

「機能不全家庭だったのよ。だからそこで育ったお父さんはね、まあ簡単に言うと子供時代に子供らしく過ごせなかった人、いわゆるアダルトチルドレン、ってやつ」

その単語はなんとなく耳にしたことはあったが、それにしても寝耳に水だった純は、にわかには信じられなかった。

「叔父さんも？」

春子がうなずく。純は混乱を深めていった。なんとか頭の中を整理しようとしても、できなかった。

「叔父さんは……なんとなくわかるよ。引きこもりだったし。その、いろいろ抱えてるんだろうなとは思ってた。でも、父さんは……仕事だってしてるし、家族も養ってる、ちゃんとした、普通の人じゃないか」

「ほら、覚えてないかもしれないけど、あんたのお祖父さんって、すごく厳格で教育熱心な人だったじゃない？　お父さんはね、自分の父親が望むような生き方をずっとし続けてきたの。アダルトチルドレンにもいくつか種類があって、お父さんは〝ヒーロー〟って存在。家族のためにがんばり過ぎちゃうの」

「ヒーロー……」

「でも誠次さんは、家族の中からいなくなったような、〝ロストワン〟って呼ばれるタイプ。そうすることで、自分の心を守っていたのかもしれないね」

「てか、母さん詳しいね」

「調べたもん」

　春子が得意げに言う。純は想像してみた。さっき自分が母親の顔を見て感じたような安堵を、それなら父親は一度も感じたことがないのだろうか。

「そういう育ち方したからなのかな、お母さんからすると、二人には何か異様なまでの特別な絆《きずな》があるように見えた。そんな誠次さんを……自分の弟をあんなかたちで亡くして、お父さん、心のバランスが壊れてしまったんだと思うの。ずっと続けてきたヒーローでもいられなくなって……そうしたら出てきたのが、お母さんに甘えたくってしょうがなかった、小さい男の子みたいな正志君。きっと、ずっとお父さんの中にいたんだと思う。お父さんはね、今、人並みに得られなかった子供時代を取り戻してるんだよ」

「そんなの、母さんは嫌じゃないの」

「私が自分で選んだ人だもん。私だってね、いざ結婚するって時はそりゃ多少悩んだよ。この人と、本当に一生添い遂げられるのかな、支えられるのかなって。……それこそ、この『不倫』って名字になることだって……ね。でも、やっぱりこの人と一緒にいたい！って思ったんだよねえ」

純は目を細めて春子を見た。まるで若い恋人同士のように正志への想いを語る春子は、純にはとても新鮮に見えた。

「あんたを一さんに預けたのも、事件のことで、お父さんがもう限界だったのがわかったから。とにかくお父さんを休ませないといけなかった」

純には全然わからなかった。いつものように、父親に頼りっぱなしだった。自分には見えないことが、母親には見えていたのだと思った。

わずかに逡巡《しゅんじゅん》してから、目の前の純ではなく遠くを見るような目で春子は続けた。

「この際だからあんたに全部言うね。お父さんね、本当は子供欲しがってなかったの」

「なんだよ、それ」

純がムッとすると、春子はあははと笑った。

「ごめんね。でもそうなの。理由は、育ち方。自分はまともな家庭を知らない。虐待を受けて育った人間は、子供を持ったら絶対それを繰り返す。虐待の連鎖だ、って。お母さんと付き合ってた時も、結婚願望もないって言われてた」

「そんなことを……」

学生時代の両親。純にはいまひとつ想像がつかない姿だった。

「でも、あんたができて、お母さんどうしてもあんたのこと生みたかったから、なんとかお父さんを説得したんだよ。どうしてもダメなら、一人で育てるから！　って。そうしたらお父さん、結局、責任取って結婚してくれた」

　自分が子供の頃の正志の記憶を思い出すと、純には春子の言うことが納得できた。父親らしいことをしてもらったことなど、ほとんどなかった。常に仕事が忙しく、家にいる時は難しい顔をして黙っているか何やら難しそうな本を読んでいるばかりだった。純はそれを、ずっと父親の性格だと思おうとしていた。でも現実は、息子である自分と向き合おうとしてくれていなかっただけなのだ。それでも、なんとかそれを打ち消したかった。

「でもさ、俺、父さんに殴られたことなんて一回も」

「お父さん、あんたを自分と同じようにはしないって必死だったからね。でも、一回だけ、お父さんがあんたに手を上げようとしたことがあったのよ」

「俺、全然覚えてないけど」

「あんたはまだ幼稚園にも入らないくらい小さかったからね。ある夜にね、歯磨きしたくないって、あんたがぐずったことがあったのよ」

　ずいぶんと昔のことであるはずなのに、鮮明に覚えていそうな話ぶりだなと純は思った。口元は笑みを浮かべたままでありつつも、目には悲しみや恐れが浮かんでいるのが垣間見《かいまみ》えた。

「今でも忘れられない。あの時のお父さん、まるで別人みたいで、恐くて、私は体が竦んでしまって、どうすることもできなかった」

「それで、どうなったの……？」

「お母さんの代わりに、止めに入ってくれた人がいた」

「それって……」

家人といえば、もう一人しかいない。春子も深くうなずいた。

「その時、お父さんを止めたのが誠次さんだったんだよ」

「……ふーん、そうなんだ……」

純は、あえて素っ気なく返す。春子は気にしない。

「ものすごい勢いで飛び出してきて、お父さんとあんたの間に割り込んで、必死であんたを抱きしめたの。もう、ぎゅう～って」

純の心にうったえるように、今日一番の熱を込めて春子は語る。

「それで、言ったのよ」

呼吸を整えるために一息つく、その間もずっと春子は純を見つめていた。純は逃れるように目を逸らしたが、春子は続けた。

「『それだけは止めて！』って。この子にだけは、やっちゃいけないって。自分達と同じ思い、させないであげて……って」

「そんな……」

「叔父さんが、あんたを全身でかばってくれたんだよ」

「そんな、だって俺、そんなこと知らないし、覚えてないし……」

純はささやかに抵抗した。とにかく言葉にならない感情ばかりが込み上げてきて、思考がついてこなかった。

ダメ押しするように、誠次は子供が好きだった、という一《まぶた》の言葉がふいに蘇ってきた。怪我の手当てをするのが、上手くなってしまった兄弟。

「それ以来、お父さん絶対にあんたを殴らないと誓ったの」

「でも俺、叔父さんのこと気持ち悪いって、アニメばっか見てるロリコンのオタクで気持ち悪くて、ダサくて、死んでよかったって、別に悲しくないって、デ、デブ……って」

純はこれまで自分が抱いてきた思いを口に出しては反芻《はんすう》した。自分で抑えようとしてもダメだった。言葉と同時に、両目から溢れ出る涙を。そして、叔父にどんなに謝ろうとしても、もう。

「叔父さんね、あんたが成長するの、本当に喜んでたんだよ」

春子も大粒の涙を溜めて悲しそうに微笑んだ。

「叔父さんが外で殺されたの、なんでだろうって、あんた言ってたよね」

「ああ……」

「叔父さん、なんとか外に出られるようになろうとね、夜に練習してたんだよ。そこで……襲われてしまったけど」

純は誠次がそんなことをしようとしているなど、想像もしていなかった。

「あんたのお父さんはね、自力で虐待の連鎖を断ち切った、本当に凄い人なんだよ。叔父さんも、必死で自分の生を生きてた」

話し終えると、お互いその後はずっと無言だった。二人とも、押し寄せた思いが過ぎ去っていくのを待っているような時間だった。

ようやく二人が落ち着いてきた頃、さっきとは様子の変わった足音が、もう一度近づいてきた。

「純」

「父さん。大丈夫なの」

「……ああ……」

正志はさっきとはまるで違った格好に変わっていた。服装もこれまで通りの、純の記憶の中の父親だ。しかし髪や服の襟、裾などどこか乱れており、ピンと伸びていた背筋も丸まり気味で、やはり病み上がりのようだった。

「お前には、みっともないところを見せてしまって……」

「そんなこと」

「なあ、純」

「はい」

「……例えば、進路のことだが……」

「うん」

慎重に返事をした。子供の頃から、父親の方から話しかけてくれることなど滅多になかった。純はそんな時、いつもわずかに緊張した。

「お前が、文系に進んだことを気にしてたのは、父さん知ってる」

とても不器用な語りかけだった。春子の話を聞いた後では、とても小さな、かわいそうな人に見えた。それでも正志なりに、必死で父親として向き合おうとしてくれているのだと純は思った。

「でもな、無理に、父さんと同じ道なんて進もうとしなくていい。そんなこと、父さんは望んでない。むしろ、父さんみたいになるな。父さんみたいに、親の望みを叶《かな》えることだけを考えるような生き方はしてほしくない。お前は、自分の行きたい道を行け。自分の好きに進んでほしい。それが父さんと、母さんと……誠次叔父さんの望みだ」

「じゃあ、俺そろそろ行くね」

壁の時計を確認して、純は荷物をまとめ立ち上がった。

「そう。また、戻ってくるんでしょ」

「うん、もちろん」

寂しそうな母親の表情に純の心が痛む。もちろんそのつもりなのだが、純は即答できなかった。聞かされたことを正面から受け止めるためには、まだ時間が必要だった。

純が玄関で靴を履いていると、頭上からぽつりと母親の声が落ちてきた。

「……お父さんはああ言ったけど……」

純は振り返らず母の言葉に耳を傾けた。

「結婚して、家庭を持つつもりなら、お母さんは、お父さんや叔父さんみたいになってほしい。二人みたいな、強い男になりなさい。本当の意味で、強い男にね」

「いってきます」

純は大きく一歩踏み出し、家を後にした。

19

あの夜、霊園を飛び出したヤマダの息子はその後、射殺体となって発見された。それはすぐさま緊急ニュース速報として流れた。ヤマダの息子の死は日本中に激震をはしらせ、この奇妙な連続殺人の予想外の呆気《あっけ》ない結末に落胆する者もいた。事件に関して重要な情報を握っているとして、警察は一《まぶた》の行方を追った。しばらく正誤入り乱れた情報が錯綜したが、しかし誰が流すのか、どうやら一《まぶた》京太郎という男が深く関与しているらしいということは知れ渡っていった。

『ヤマダの息子を射殺したのは、知る人ぞ知る元ヤンの刺青職人らしい』

『ヤクザとも繋がってた男らしいな』

『本人も変な名字だったんだろ。正当防衛か？』

『いや、明らかに過剰防衛だろうが』

『珍名の同胞の敵討ちってところか。恐ろしいな』

純は怒りのあまり何か反論を書き込みたくなったが、自分一人が書いた程度では意味がないだろうとも思った。この連続殺人事件において、どうしたって自分はマイノリティ側であるという無力感が常に純につきまとった。

一《まぶた》が姿を消して今日で一週間が経つ。純はその間、ずっと休業中のいれずみやで一《まぶた》の帰りを待ち続けた。

「カズさん、なにしてるんだろうねー……?」

思わずそう、小首を傾げ目の前のつぶらな瞳に語りかける。

それは純がこの前ここで拾った、本来ここにあるはずのない熊のぬいぐるみだった。

胴体の下が袋状になっていて、手を入れて動かすことができるパペットだ。

いれずみやに取り残されたそれは、一《まぶた》の分身のように純には思われた。

「お前こそ、なにしてるんだ」

目の前の熊が返してきた、はずはなく、聞こえてきた声は背後からだった。聞きなれた、腹に響いてくるような低音ボイス。純は首が千切れるほどの素早さで振り返った。

「よお」

渦中の人物は、意外なほどの気軽さで帰ってきた。

「カズさん⁉」

「ずっと店番しててくれてたのか。ありがとな」

「おかえりなさい。でもよく戻ってこれましたね。ここ、警察にマークされてると思いましたよ」

「いや、今も張り付いてるぞ。思うに、あいつら俺を泳がせて、決定的なボロを出すのを待ってるんじゃねえか。例えば、ヤクザと拳銃の受け渡しをするとか、ヤクの密売人と接触するとか、な。そうやってこの機会についでにもっと大物が釣れるかもしれない、とでも計算してるんだろうよ」

一《まぶた》は無精髭を生やし、髪もボサボサでまるでホームレスのような風貌になっていた。

「ちょっと休ませてくれ。さすがに疲れたわ」

真っ直ぐソファに向かうと、巨大な体軀をドサッと投げ出すようにして横になった。

「カズさん……店閉めて、わざと自分をヤマダの息子のターゲットにしようとしてたでしょ。だから街をふらついてみたり、それもお酒を飲んで酔っ払ったフリをして、隙を作って」

出頭の話を聞き、それは純の中で確信していたことだった。

誤魔化すように一《まぶた》はヘッ、と笑った。

「俺を狙わせて、直接捕まえれば手っ取り早いだろ」

「もう、無茶しないでくださいよお……」

「言っとくが、野郎をヤッたのは俺じゃねえぞ」

「それはわかってます。でも、なにがどうなったんですか……？」

「それは俺にもわからん。俺はヤマダの息子を追いかけて、墓場を出て、一度見失った。そこで近くから銃声が上がったんだ。急いで音のした方へ向かったら、撃たれたヤマダの息子を発見したんだ」

「え、それはつまり」

「この事件には黒幕がいる。そいつが、ヤマダの息子を射殺した」

「まだ、事件は終わってないってことですか⁉」

一《まぶた》がゆっくりと上体を起こす。

「考えてもみろ。そもそも以前俺達が見立てた犯人像に、あいつはかすってもいない。あんな若造一人で、あそこまで計画的な犯行なんてできると思うか。警察だってこの程度のこと気づいてると思うがな」

「じゃあ、警察はなんでもっとしっかり調べてくれないで、本件容疑者死亡って判断したんでしょうか」

「そりゃあ、どうでもいいんだろうな、こんな事件」

「そんな……公務員が、国家権力がそんなことでいいんですか」

「珍名の人間だけが狙われるふざけた事件なんざ、大多数の国民には関係がないってこったろ。その幕引きに俺はぴったりな人材ってわけだ」

「そう……だったんですか」

なんとか純は自分の頭の中を整理しようとした。

「そもそも、一般人のカズさんが拳銃なんて持ってるわけがないですよね」

「とにかく、この事件の黒幕の野郎だけは絶対に許せねえ。絶対俺達で見つけるぞ」

「一般人のカズさんが拳銃なんて持ってるわけがないですよね」

「多くの人間を苦しめた、そのオトシマエはつけさせねえと」

「一般人のカズさんが拳銃なんて持ってるわけがないですよね」

「事件の鍵は何だと思う、純」

「否定してくださいよ」

「当然だ俺がチャカなんて持ってるわけねえだろ」

「持ってない人はそんな呼び方しないんですよ‼」

そんなやり取りをしているうちに、純は一《まぶた》に一番伝えたかったことがあったのを思い出した。

「それと、これ、この前見つけたんですけど……」

純は恐る恐る、後ろ手に持ったままだった熊のパペットを差し出した。

純の問いかけに一《まぶた》は、ああ、それか、と平然と言った。

「カズさんの私物……？」

まさかと思いつつ確認したら、一《まぶた》は否定しなかった。

「施術する時、恐いっつって泣く客がいるからな。そういう場合、それ使ってなだめながらやってんだよ」

「ああ、なるほど。歯医者なんかでもやってますよね。『痛くないよ！　ボクがついてるよ～!!』って」

「そうそう、そういうこった。くだらねえこと聞くんじゃねえよ」

「すいません」

純は得心して熊をいれずみやの窓辺に飾った。上手くバランスを取らせ、光の中に座らせる。よし、と納得した瞬間、そこで重要なことに気づき、もう一度振り返って一《まぶた》に尋ねた。震え声で、

「顧客、ほぼヤクザですよね……？」

一《まぶた》は答えない。しかしその無言の背中がわずかに動揺していることがわかった。

「カズさん、前から思ってましたけど……」

純はずっと胸に秘めてきたことを、もう吐き出してしまうことにした。

「なんだよ。言ってみろ」

問い返す一《まぶた》も、どこか震え声だ。

「はい。……実は……かわいいものが好きなんじゃないですか」

「んなっ、なわけねーだろ!!」

一《まぶた》は即座に否定した。その顔は真っ赤だった。

「ずっと思ってたんです。頑なにかわいい絵柄の注文を否定しているところが、逆に

不自然だなーって。そもそもここの『いれずみや』って店名だって、かわいい絵柄でおなじみのいらすとやさんからパクッたんでしょ⁉」

　純はいつになく、自分の頭がキレまくっているのを感じていた。頭が高速回転している感じだ。

「正直に言ってください。カズさんが判子を彫りはじめた理由って……」

「なんだよ」

「いつか、言ってましたよね、自分の名字が嫌いって。それは、横文字一本で、全然かわいくないからじゃないですか⁉　だからいろんな珍名の判子作りにハマった」

「そんなんじゃねーよっ」

「本当はいかつい龍より般若より、クマちゃんとかラッコちゃんとか、かわいいいらすとが彫りたいのではないですか⁉　いらすとやさんみたいな」

「うぅ……やめろ……」

　純の追及に耐え切れず、一《まぶた》が三蔵法師《さんぞうほうし》に経を唱えられている時の孫悟空《そんごくう》のような苦《く》悶《もん》の表情を浮かべた。

　一《まぶた》の顔はヤマダの息子につけられた痣《あざ》や傷だらけで痛々しく様変わりしていた。ケンカというより、ほぼ一方的にやられるままで、一度もやり返さなかった一《まぶた》の姿が純の脳裏に甦る。

過去に何があろうと、今、目の前にいる、この人を信じよう。純はすんなりそう思えた。

「かわいいものを愛する、そんな心優しい人が、射殺なんてするわけないですよね」

「俺だ」

その時、追い詰められた一《まぶた》に助け舟を出すように割って入ってきた声があった。

「佐藤さん」

やはり気配なく、佐藤が姿を現していた。佐藤はズカズカと純の前までやって来たかと思うと、その手から熊をひったくるように奪い取った。

「あっ」

「このクマちゃんは俺んだ。墨入れられる時、いつも抱き締めてんだよ。なんか文句あっか」

佐藤はちぎれそうなくらい熊の首根っこをつかんだ。

「えー……」

あと一歩というところで一《まぶた》をオトしきれなかった純は、佐藤に疑いの目を向けた。

「よう。戻ったか」

それから佐藤は不敵な笑みを一《まぶた》に向けた。一《まぶた》もそれに応える。

「ああ、心配かけたな」

「いきなり休業とはよ。さんざん待たせやがって。さっさとはじめてくれや、今日で完成なんだよな」

「……よっしゃ……やるか、若頭」

立ち直った一《まぶた》は勢いよく立ち上がると、挑戦的に宣言した。

「いいか、見てやがれ純」

そして闘いに赴く闘士のような足取りで施術室へと向かった。


純はその後公務員試験の問題集を解こうとしたが、何も頭に入ってこなかった。施術室が気になって、そっちにばかり目がいってしまった。純がいれずみやで働きはじめた頃からずっと続いていた、佐藤の施術。一《まぶた》は、これまでになく意気込んで向かっていった。

一体、どんなものができ上がるんだろう。

勉強するのは諦め、しばらくずっと読み続けている本を開くことにした。ゆっくり日が落ちていく中、ラストまでの数ページを読み終え、なにげなく一番最後のページをめくったところで、純はあることに気づいた。

「これ……」

そしていつもなら店仕舞いしている時刻をとうに過ぎた頃、ようやく施術室の扉を開く音がした。本を閉じて振り返ると、大仕事を終えたという様子の一《まぶた》が窓から差し込む夕陽に照らされてそこに立っていた。まだ全身に大粒の汗と気迫を纏ったままで、全力で闘ってきた証《あかし》であるかのように荒ぶる呼吸を吐き出している。

純は少し迷いながらも声をかけた。

「終わったんですか……」

「ああ」

純は奥の施術室の扉を見やった。そこには全ての刺青を入れ終えた佐藤がいるはずだ。

一体、どんな絵が彫られているのか。一《まぶた》の作品の大ファンである純は、とにかく見てみたくて、気持ちが逸ってたまらなかった。

20

「イトウさん」

荷物を置き、機材のセッティングをしていると、純が見つけて駆け寄って来てくれてイトウはホッとした。

いれずみやの中はざわめきで充満していた。人見知りしない性質《たち》だという自負はあったし、業界のパーティーにも何度となく参加してきたが、自分が珍しく場の空気に呑まれているように感じた。

「わざわざすみません」

「いや、こちらこそお招きいただいてありがとう。それにしてもすごい人だね」

「はい。みなさんいれずみやのお客さんです」

「えっと、ということは、ここにいる人達全員……」

「はい。みなさん珍名の持ち主です」

「すごいな。まさかこんなに早く、一京太郎《まぶた》の店を取材する機会がくるなんて」

イトウは物珍しく、四方に張られた名字を眺めた。

「でもなんだか、『イトウ』の俺だけ場違いな気がするよ」

「そんなことないですよ」

「そう？」

「例えばほら、あの人」

「あのおじさん？」

「ええ。あの人も、いとうさん、っていうんですよ」

「本当かい」

「はい。『翫《いとう》』って書くんです」

「へー、そんないとうもいるんだね」

「ええ」

常連達が思い思い雑談しているいれずみやの中が、水を打ったようになり、全員の視線が一人に注がれた。その場に一《まぶた》が現れた。

「待たせたな」

「一《まぶた》京太郎……ヤマダの息子を射殺したとされている、元珍姓団総長の、あの……」

イトウは一《まぶた》に畏怖《いふ》を感じながらも、すぐに意識を切り替えて報道に携わる人間として仕事に入った。

「一《まぶた》さん、今日は撮影をさせていただけるということで、よろしくお願いします。フリーメディアディレクターのイトウ・ユズルと申します。みなさん、どうぞカメラのことは意識せずリラックスしてくださいね」

カメラを抱えながらイトウはいつも通り柔らかく感じのいい声を出した。

「えーっと、それでは今日の流れから……」

「ほら、あんたも」

しかし一《まぶた》はイトウの言葉を気にせず、いれずみやの奥へと声をかけた。するとそこから一人の女が、ゆっくり中心へ向かって歩いてきた。騒動のせいか、その身なりやヘアメイクが心なしか乱れているようだった。

「薬師女萌子……」

さすがに驚きを隠せず、イトウは純に耳打ちして尋ねた。ここまでの打ち合わせはしていなかった。

「不倫君、これは……」

「実は、今日イトウさんには、今からここで行われる、薬師女萌子さん独占告白インタビューの撮影をしていただきたいんです」

イトウは開いた口がふさがらなかった。

「それじゃ、準備ができたらはじめるぞ」

一《まぶた》の言葉がいれずみやの中に響く。

イトウは乗りかかった船である以上、仕方なく覚悟を決め、後は完全に裏方として撮影に徹することにした。

舞台の開演前の空気のようだ。そんなことをイトウは思っていた。一体何がはじまるのか、そこにいた誰もが、次に聞こえてくる言葉を聞き逃すまいと耳を傾けている。

そしていれずみやの主でもある一《まぶた》によってその幕が開けられた。

「まず、俺達は、この一連の事件には、実行犯であるヤマダの息子の他に、もう一人、黒幕がいると思っている」

「えっ」

撮影しながらイトウはいきなり、小さく驚きの声を漏らしてしまった。

「巷《ちまた》じゃあヤマダの息子を射殺したのは俺ではないかと疑われているが、そうじゃない。その黒幕の人物だ」

軽くざわついたが、常連客は誰もが一《まぶた》を信じているのか、たいした驚きは起きなかった。

「なあ、薬師女さん。そいつをはっきりさせるために、早速、あんたに聞かせてもらいたいことがある」

「……はい……」

薬師女の第一声は震えていた。一《まぶた》の方を向きながらも、イトウの構えたカメラをしきりに意識していた。

「あんたはヤマダの息子から名指しで殺害予告を受けた後、ここへ助けを求めに初めてやって来たよな。ここに珍名の人間が集っていると、誰から聞いた？」

薬師女が一《まぶた》から目を逸らし答えに戸惑っていると、返事を待たず一《まぶた》は続けた。

「あんたが訪ねて来たのとちょうど同じ頃、このいれずみやがヤマダの息子のターゲットに定められた空気感を俺は肌で感じた。あのままいけば、いずれ常連の誰かがやられると思った。ここは珍名がわんさかいるからな。狙われたらひとたまりもない。だから休業することにしたんだが」

常連達の間に恐怖がはしる。

「そうだったんだ……」

一《まぶた》の動物的な本能に純が舌を巻いている。イトウも、一《まぶた》京太郎の噂以上の手強さを実感させられていた。

「あんた、誰に聞いた？　ここに珍名の持ち主達が集まるいれずみやという店があると、どうやって知った？　ネットにはほとんど出回っていないことだ」

一《まぶた》の語気が少しずつ責めるように早くなる。しかしあくまで、イトウがカメラに収めるのは薬師女だ。

「あんた、本当はヤマダの息子について何か知ってるんじゃないのか。それか、思い当たることとか」

「そんなこと言われても私、知りません」

瞼《まぶた》になんとか対抗するように、薬師女が気丈に答えている。純も口調に気をつけるようにして問いかける。

「そうでしょうか。カズさんが襲われた時、僕に連絡してきてくれましたよね。大変なことになるかもしれない……って。実際、あなたの言った通りになった」

「おかげで俺は命拾いしたけどな。でも、どうしてそう思ったんだ」

薬師女はもう言葉では否定できず、黙り込むしかないようだった。イトウはそんな薬師女の横顔をカメラ越しに見つめ続けた。

「あんたはその相手が怪しいと、薄々気づいてたんじゃないのか。だから、急いで純にあんな電話をかけてきたんだろ」

「……お話しすることは……ありません」

薬師女は取りつく島がなかった。瞼《まぶた》もぶつけたかったことをあらかた言ってしまったらしく、その場は膠着《こうちゃく》状態に入りはじめた。

それからしばらく沈黙が流れた頃だった。

「すみません、すみませーん!!」

玄関に誰かが訪れたようだ。呼び鈴も何度も鳴らされている。

この日のためにいれずみやは臨時休業にしているとイトウは聞いている。アルバイトの純が何事かと玄関に対応しに行こうとした。

「純、ちょっと待て」

「え」

純が足を止めると、一《まぶた》は気配を消し、険しい表情で様子をうかがった。

誰も現れないとみると、相手はさらに続けた。

「すみません、いれずみやさん、一《まぶた》京太郎さん、ヤマダの息子を射殺したというのはほんとうですかー？」

さっきとは別の声だった。また他の人物が代わる代《が》わる、

「警察の捜査に協力しない理由は何ですか」

「拳銃の不法所持が疑われていますが、実際のとこ、どうなんですか」

「そちらに薬師女萌子さんもいらっしゃるというのは本当ですかー？」

「薬師女さーん、いるんでしょ。出てきてお顔見せてくださいよ」

「他の関係者の方もいらっしゃるんですよね、少しお話聞かせてもらえませんか」

「なんでも、珍名の方も大勢集まっていらっしゃるとか」

「みなさんでヤマダの息子に敵討ちをしたなんて言われていますが、そこら辺どうなんですかー⁉」

どうやらいれずみやは、マスコミに四方を包囲されてしまったようだ。

激しくドアを叩かれ、呼び鈴を鳴らすのも止まらない。イトウなら決してやらない、スマートさの欠片もない取材方法だと思った。業界は同じでもこういうタイプは内心軽蔑《けいべつ》している。

薬師女の身体が小刻みに震えはじめた。彼女自身でも気づかないうちに、マスコミという存在は薬師女の心に深いトラウマを作っていたようだ。

「これは……」

これは一《まぶた》にとっても想定外の事態なのだろう。今日、いれずみやで行われることは関係者や常連しか知らない、極秘事項であるはずだった。

「警察……っ」

「無駄だ。警察はどうせ民事不介入だろ」

純が慌ててスマホを取り出すも、一《まぶた》に止められてしまう。

「なんだこれ……ゾンビ映画かよ」

誰かがそんな呟きを零し、皆の不安がどんどん煽《あお》られていくのをイトウは肌で感じていた。

21

「これは、一度中止にした方が……」

イトウが構えていたカメラを下ろしながら申し出たが、誰も耳を貸さなかった。その場の雰囲気はすでにそれどころではなくなっていた。

「もう我慢できない、ガツンと言ってやる」

常連の男の一人が勢いよく声を上げる。特に血の気の多いその男の名は『大王《だいおう》』といった。周囲をかき分け、外に出て行こうとする。さらにそれに追随する者も現れる。

「俺達で、対抗するしかないよ。なあ、みんなそう思うよなあ⁉」

今度は『王家王来《おくおか》』だ。

「そうだ」

『王生《いくるみ》』も立ち上がった。

「そうだよな？」

『王隠堂《おういんどう》』も続いた。

当初は困惑顔だった常連達が、一人、また一人と立ち上がった。

イトウは慌ててカメラを構え直し、その状況まで映像に収めた。

「おい、お前らちょっと落ち着けって」

店主としてとっさに瞼《まぶた》は場を鎮めようとしたが、

「カズさん、止めてもムダだよ。自分の身は自分で守らなきゃ」

『瑠璃《るり》』だ。

「ああ、これが落ち着いていられるか」

『焔硝岩《えんしょういわ》』。

「鈴木《すずき》も、高橋《たかはし》も、加藤《かとう》も、どうせ俺達のことなんか助けちゃあくれないだろ」

『橇田《かんじきだ》』。

そこにいる常連の珍名達が一斉に賛同の声を上げた。

「みなさん、ちょ……っ」

純の声を聞く者もいなかった。人間が集団になった時に起こる、激しいエネルギーがそこには生まれていた。薬師女も隅に寄り、ただ自分を落ち着けることで精いっぱいだった。

大王を先頭に、今まさに外に飛び出そうとしているところだった。

「さあ、それはどうでしょうなあ」

水を差すような声の主は、一人穏やかに部屋の隅で佇《たたず》んでいた。

「あ、おじいさん」

それは純を二度助けてくれた、あの老人だった。

奇妙なことに、その発言によって、老人はたった今までその場を支配していたエネルギーを軽くいなしてしまった。

「あんた、この店で見たことない顔だな。名前は……？」

『朏《みかづき》』。

「えっと、その人もこの店の常連さんで、俺がお世話になった人で、名前は、あれ……」

代わりに紹介しようとして、純はまだその老人の名前を聞いていなかったことに気づいた。老人は純を制して一歩前に出ると、どこかはにかんだように、

「鈴木でも高橋でも加藤でもありませんが、佐藤ならここにいます」

「え……おじいさん、珍名さんじゃないんですか……」

「佐藤だあ⁉」

『卍山下《まんざんか》』。

「あのな、ここはあんたみたいな平凡な名字の人間が来るとこじゃねえの。なあ？」

『朧気《おぼろげ》』。

「そうだそうだ、世帯数一位の人間がツラ出すとはいい度胸だ、弱っちそうな名字しやがって」

『力士《りきし》』。

「あなたに私達の気持ちはわからないよ」

『蛇草《はぐさ》』。

「ひょっとして俺達のこと、馬鹿にしに来たのか⁉」

『時々輪《じじわ》』。

何倍もの多勢に囲まれても、しかし老人は微動だにしなかった。

「おい、その人は……」

一《まぶた》が珍しく焦りの色を浮かべた。

老人は一《まぶた》の方を向くと、丁寧に頭を下げた。

「カズさん、うちの若い衆がいつもお世話になっております」

「あ、いえ、こちらこそ」

思わず一《まぶた》もかしこまって頭を下げる。一《まぶた》だけはその男がどういう人物かわかっているようだった。

「カズさん、このじいさんと知り合いなのか……？　佐藤、って」

『五百旗頭《いおきべ》』。

一《まぶた》は一つ溜め息を吐くと、

「この人はな、佐藤組の組長さんだ」

全員一斉に、潮が引くようにその老人を遠巻きにした。

改めて見ても小柄で、ずいぶんと薄くなっている白髪、皺の中に刻まれた細い目と笑みさえ浮かべる口元は、どこにでもいる老人と何も変わらなかった。しかしその一方で、言われてみれば、一見穏やかでありながらも、どこか有無を言わさない風格を漂わせている。

「なんで、親父さんがここに……」

誰よりも目を丸くしていたのは、珍名の常連達に交じってそこにいた佐藤だった。

「話はよくわかりました。みなさん、早まるのはちょっとお待ちくださいな。ここは一つ、うちの組にお任せしてやくれませんか」

「そんな、でも……あんたには関係ないだろう。佐藤さんには『転法輪《てんぽうりん》』。

「いくらヤクザの組長だって、佐藤組じゃあなぁ。その名の通り日本最大勢力なんだろうけど。これは俺達珍名の……『土喰《つちくれ》』。

「まあそうおっしゃらずに。聞いてください。カズさんをはじめ、このいれずみやさんには私どもいつも大変お世話になっております」

組長は慇懃な口調で続けた。

「特に、若頭の龍毅。ここにいらっしゃる皆さんと仲良くしていただいて。あいつは、こちらに通うことがとても楽しそうで。そのことのお礼を、あいつの親代わりである私からさせてほしいんです」

思いがけず名前を出され、佐藤はばつの悪そうな顔をした。

「たしかにここ最近よく見かけたけど、でも別に仲良くなんか……なあ？　『護广迫《ごまさこ》』。

「ああ。だってあいつは、刺青を入れにきてただけで……」

『大广邪《おおまや》』。

「おい、龍毅」

「はい」

「こちらにおられるみなさんにも、たいそうお世話になったんだろう。今こそ、みなさんのお力にならなくてどうすんだよ」

しかし、佐藤は動き出そうとしなかった。

「できません」

苦しそうに、搾り出すように言った。

「俺は……親父さんの息子、佐藤の人間です。お言葉ですが、ここにいる連中とは、一切の関係がありません」

組長の前では、佐藤もいつもとは違った。ひたすら畏怖し、忠誠を尽くしている。

組長は考えあぐねたように、ふむ、と漏らすと、諭すような口調で言った。

「龍殺、お前カズさんにこの前、それは見事なモンモン入れていただいたばっかりじゃねえか。せっかくだからちょっと今ここで、それをみなさんにお見せしてみないか」

おもむろに佐藤はスーツの上着をがばっと脱ぐと、厳かにワイシャツのボタンを一つ一つ外しはじめた。やはり、組長の指示は絶対だった。

純は内心、緊張して息を呑んだ。今から、この前仕上げたばかりの一《まぶた》の作品を目の当たりにするのだ。そう思うと、一《まぶた》の作品のいちファンとして、高揚して気持ちが治まらなかった。なにせ、ずっと見てみたくてたまらなかった。

上着を全て脱ぎ捨てると、スラックスの上に佐藤の鍛え上げられた上半身が露《あらわ》になった。そして、ゆっくりと半身を向ける。

「わぁ……」

その広く筋骨隆々とした板面では、鱗一枚一枚細密な見事な龍が、珠を爪の中に収め、雲を突き抜け、雷を纏い、天空を昇っていた。身体に背負うだけで、まるで不死の命を授かるような、そんな凄味のある完成度だった。

「すごい……本当にすごい」

純の口からはそんな言葉しか出なかった。語彙力が失われていた。それから一《まぶた》をうかがうと、言葉にはしなくとも、一《まぶた》も自分の仕事に満足していることがその横顔から伝わってきた。

「可愛いタトゥーとカッコいい刺青、両方やればいいのに」

純は口を尖らせて小さな不満を漏らした。

「みなさん」

組長が中央に歩み出て、佐藤の背中の龍に並ぶ。

「これと私は……親父などと呼ばせておりますが、実は血が繋がっておりません。私と妻には子供ができませんで、息子のように可愛がってはおりますが、よそさまのお子さんをお預かりしておるのです」

「そうなんだ」

『漣《さざなみ》』。

「でも、それがなんなんだよ」

『御鱗《おいら》』。

「普段はうちの組の名前から、佐藤龍毅、と名乗っておりますが、これの本当の名字は、違います」

「なんじゃい」

『南蛇井《なんじゃい》』。

「もしかして」

そこでずっと撮影に徹しているイトウがカットインした。

「『伊藤』と『翫』ならぬ、佐藤じゃなくて、『砂糖』……とか？　調味料の方の」

それを聞くなり、誰もがいれずみやの壁に目をはしらせた。無数に貼り出された名字の中、そこにはあった。『砂糖』の文字。

「たしかに、砂糖という名字は存在するけど……」

「ちげえよっ」

全員の視線が集中すると、佐藤は抑え切れずに声を張り上げた。

「砂糖じゃねえ」

「じゃあ、なんて名前なんだよ」

『樹神《こだま》』。

佐藤は一瞬だけ躊躇いを見せた後、

「……『微糖《びとう》』だ……」

「えっ？」

重要なポイントが聞き取れず、イトウは聞き返した。

佐藤はさっきよりわずかに明瞭に、

「俺の本名は……微糖龍毅だよ」

珍しく弱々しさを見せ、自虐的に実の名を名乗った。

「たしかに、尾藤《びとう》さんがいるんだから微糖さんがいても不思議はない……かも」

「さすがに苦しいだろ」

当人に直接はぶつけられることはないものの、どよめく常連達の間で口々にそんな言葉が飛び交う。

その場の空気を落ち着けるように、組長が再び口を開く。

「みなさんがおっしゃる通り、私は佐藤という、世帯数一位の日本一ありふれた名字をしております。そんな私どもの組へこいつが入りたいと言って現れたのは、まだ中学を出たばかりの頃でした」

組長の横で、背中を向けていても、微糖が恥ずかしさを堪えていることが純には想像できた。本当はすぐにでも黙らせたいのだろう。母親の春子もおしゃべりですぐにそこら中で自分のことをペラペラ話すため、その気持ちがよくわかった。

「こいつ、こんな舐《な》められそうな甘ったるい名前が嫌だ、自分も男の中の男になりたい、真剣な眼差しでそう語りましてなあ」

「ヤクザならまだ佐藤より微糖の方がマシなのでは……甘さ控えめな分だけ」

純はフォローのつもりでひとりごちた。

「だから、ここにいるみなさんは言わばこいつのお仲間なんです。こいつはこちらへ通わせていただきながら、集まっているみなさんにいつもシンパシーのようなものを感じていたはずです」

親が子を思う、その心が表れているように、組長の口元は綻んでいる。微糖は否定したそうにしながら、それでも口をぐっと固く引き結んでいる。

「カズさんは、知ってたんですか……？」

純が隣に立つ一《まぶた》に尋ねると、一《まぶた》はまあな、と視線で答えてきた。

「なあ、龍毅。お前がずっと自分の名字、気にしてたのは知ってる。だがな。たとえ名字が違おうが、甘ったるかろうが、俺はお前を本当の息子だと思ってる。俺はずっと、お前の親父だ。それは一生変わらねえ」

「親父さん……」

組長の言葉にはずっと即答してきた微糖が、しばらく沈黙し、そして肚《はら》を決めた。

「わかりました。親父さんが、そう言うのなら」

「でも……」

常連の大王が遠慮しようとすると、微糖がずいと前に出た。その圧に思わず大王は怯んだ。

「まだわかんねえか。これはお前らカタギの出る幕じゃねえって言ってんだよ。ここはな、俺達佐藤組のシマだ。うちがやる」

もはや常連達誰もが従うしかなかった。

「おい」

微糖は顎をしゃくり、目配せした。その先には、気配を殺し、ずっとそこに待機していた組員達がいた。

「はいっ」

男達は威勢よく返事して各自が次々に動き出した。いつの間にこんなにも大勢の人間が入り込んでいたのだろうと純は目を丸くした。

「親父さん、行ってきます」

「おう。派手にやってこい」

「人が黙って見てりゃあ調子に乗りやがって。俺達佐藤組のメンツの見せどころだ」

マスコミとの抗争に、微糖は武者震いしていた。

「まさか砂糖さん……じゃなかった、微糖さんが力を貸してくれるなんて」

「まさにジャンプ漫画の王道的展開だな」

「おいカズ、お前は心置きなく続けろ」

組員達の先頭に立つ微糖に、一《まぶた》はしっかりうなずいてこたえた。

「おいおい、どうなるんだ、これ……」

マスコミの人間としての性なのか、予想外の展開に、カメラ片手にイトウは興奮を隠せない様子だった。

22

「静かになったな」

速やかに佐藤組の一団がいなくなったかと思うと、外を取り囲む報道陣もどこへ消えたのか、辺り一帯に静寂が訪れた。

「話を続けるが」

微糖の言葉を受けて、一《まぶた》は誰にともなくそう言うと、ゆっくり改めて薬師女の方へ向き直った。

「あくまでゲロする気はねえってわけか。あの時……小説盗作の時も、あんたはそれで結局全責任一人で被ってたよな。今回もそうやってだんまり決め込む気か。あんたもたいがい強情だな」

半ば呆れ混じりの口調だったが、それから付け加えるように、

「まあ、あんたのそういう口の堅いところ……俺は嫌いじゃないけどな」

そこで一《まぶた》が純に目線で合図した。純は傍《かたわ》らに置いてあった自分のカバンから、一冊の書籍を取り出した。それは薬師女の著書だった。

「僕、事件が起きて、薬師女さんの処女作を改めて読み返していたんです。やっぱり、

すっごくおもしろかったです」

目を細め、パラパラと本を捲る。

「ありがとう」

「それで気づいたんですが、この本、最後のページに著者、薬師女萌子という名前だけじゃなく、担当した編集者の名前も載ってるんですね」

一《まぶた》が受け取り、全員に開いて見せたそのページには、一人の男の名前が記されていた。常連達が周りに集まり、その活字を凝視する。

編集者　狡井勇人
「『狡井《ずるい》』……狡井《ずるい》勇人《ゆうと》？　変わってるなあ」

『人首《ひとくび》』が首をかしげる。

「そして、この人は今回の一連の事件にも関わっていました。……今……、この中にいる人です」

「えっ、この中に⁉」

『大悲山《だいひざ》』の顔が歪む。

「俺達珍名モブの中に、そんな人いたかな」

『則《すなわち》』が考え込む。

「あっそ」

『旦来《あっそ》』は斜に構えている。

「いや、この中にそんな名字の人いないぞ……?」

お互いの顔を見合わせ、そこら中からそんな声が上がる。

収まらないざわつきの中、純はゆっくりと振り返った。そして全体の後方で今も撮影を続けているカメラを見た。

カメラ目線をした後、視線はそのまま、カメラではなく、その先にいる、撮影しているカメラを構えた男へと向かっていた。

「フリーディレクターの、イトウ・ユズルさん」

驚きで純を映すカメラがわずかに揺れた。

「今、カメラを持ってこれを撮っている、あなたです」

「え……っ」

誰かの悲鳴のような声を合図に、一際大きなざわつきが起きはじめる。

その中で薬師女だけは顔が青ざめていた。他の人間はみんな一様に驚きをみせていたが、そうではなく、薬師女が抱いていたのは絶望に近かった。さっきまでとは逆に、それすらも恐ろしいというように、カメラを持つイトウの方へ顔を向けなくなっていた。

「おいおい、いきなり何を言い出すんだい」

ほんの一瞬狼狽《うろた》えてみせたものの、プロとしてすぐに持ち直し、イトウは撮影を続行した。

「だいたい、さっきからギャラリーの珍名の人達代わる代わる発言して、ちょっと鬱《うっ》陶《とう》しいよ」

「イトウユズルって、それ本名じゃないんですね。あなたは、伊藤さんでも以東《いとう》さんでも井島《いとう》さんでも、あるいは翫さんでもなかった」

イトウの顔から、常に浮かんでいた笑みがすーっと消えはじめた。

「狡井《ずるい》勇人という名前を初めて目にした時、どこかで聞いたような気がしました。ズルイ・ユウト、アナグラムにして、イトウ・ユズル。そういうことだったんですね。あなたがクリエイターの人特有のカタカナ表記だったから、俺、気づくことができたんです」

一《まぶた》が改めて、薬師女に向き直った。

「薬師女さん」

「はい」

「かつてあんたの本をプロデュースして世に出したのもこの男だった。だからあんたは、頑なにだんまりを貫いた」

一《まぶた》はなんとか薬師女への苛立ちを抑えて伝えようとしていた。純も薬師女に一歩、歩み寄った。

「もう、いいじゃないですか。こんな男庇わなくても。あの時、盗作の汚名を全部あなた一人に被せた人ですよ」

話しているうちに、純の方がなぜだか泣きそうになってしまった。薬師女が何も答えないことが、純にはもどかしかった。

「たしかに、あなたにも問題はあった。でも、だからってあなただけが全部背負わされて終わりにするなんていいわけがない」

それでも薬師女はこたえなかった。しかしその沈黙は、ずっと薬師女が葛藤していることを伝えてきた。

「へーえ、そうなんだあ」

代わりに口を開いたのは狡井《ずるい》だった。薬師女に余計なことを話されるくらいなら、もう自分の口から言ってしまおうとでもいうように。もうそこには、ずっと純が感じていた爽やかな感じの良さはなかった。代わりに現れたのはこの状況ではむしろ不気味に思えるほどの明るさで、とても人並みの心の機微など持ち合わせているようには見えなかった。これがこの男の本性なのだと、純は瞬時に了解と、そして落胆を得た。

「実は不倫君から連絡がきて今回の話をいただいた時、ちょっと嫌な予感はしたんですよ。でも、いい画《え》が撮れるかもって、ついつい来ちゃいました。なるほど、この企画自体が、僕をおびき寄せるための壮大な舞台装置だったというわけですか」

罪を暴かれても、狡井《ずるい》の口ぶりはまるで他人事のようだった。

「大方、さっきのマスコミ連中だってお前が仕込んでたんだろうな」

「ええそうですよ、こんな一大イベント一人占めしたらバチが当たるかもしれない。でもヤクザの連中に追っ払われて、あの人達大丈夫かなあ」

心底楽しくて笑いを堪え切れない様子で狡井《ずるい》は、くっ、くっ、くっと漏らした。

「お前は、その調子の良さで上手いこと若造を言いくるめて、人殺しにまでしちまった」

「そんなもの知ったことか」

「なに？」

狡井《ずるい》の声のトーンが、わずかに変わった。ずっと歌うように刻まれていた節が消え去ると、現れたのは平板で冷たい印象の口調だった。

「全てあのヤマダの息子とか名乗る男の生まれ持った殺人ＤＮＡのせいだろう。え？　父親が連続殺人犯なんだろ？　血は争えない、血は水よりも濃い、親子でそっくりじゃないか。人殺しの息子は人殺しになるって宿命で決まってるんだよ」

狡井《ずるい》の言葉を聞いているうちに、一《まぶた》の拳《こぶし》は固く握り込まれていった。

「邪魔するよ」

その時、いれずみやの戸口に出頭と田中島が現れた。

た。

さ、お入りください、と田中島がうながすと、二人の背後から一人の女が姿を現した。

「遅れて悪かったな」

「出頭さん」

「失礼いたします」

女は見るからに恐縮した様子で、小柄な上にどこか縮こまって入ってきた。顔を上げることも難しいというように、うつむきがちで女は言った。

「私は、山田と申します」

意を決したように声を絞り出したものの、終わりの方は消え入りそうにか細かった。

しかし女が何者なのか、なぜ二人の刑事とともにここへ来たのか誰も気づかなかった。

すると女はか細い声でこう続けた。

「……あの、ヤマダの息子の……母でございます」

「えっ」

その場にいた全員の視線が一斉に注《そそ》がれる。覚悟していたのか、女は、それを身体を強張らせて受け止めた。

「彼は、不倫純君です」

隣で寄り添う出頭は解説するように山田の母親に告げた。山田の母親は忙《せわ》しく、また驚いて隣に立つ純の顔を見直した。

「不倫……、じゃあ、あなたは被害に遭われた方の……」

純は居住まい悪く頭を掻いてごまかした。

「はあ、殺されたのは僕の叔父です」

「本当に、この度はなんてことを……っ」

ヤマダの母親は小刻みに震え出したかと思うとその場でいきなり両手をつき、額までつけて土下座をはじめた。

「大変申しわけありませんでしたっ」

思い切った行動に、その場にいた誰もが面食らった。中にはそれを冷ややかに見る者もいた。

「あ、いえ、そんな、止めてください」

純は慌てて女に歩み寄った。それでも女はなかなか頭を上げようとしない。

「事件が起きたのを受けて、署に来てくださったんだ。なんでも、今日は話したいことがおありらしくてな。それで俺が、ちょうどいいと思ってここにお連れした」

「へえ……そりゃまた一体何ですか」

一《まぶた》が一歩前に出ると、その威圧感で山田の母親が身を竦ませた。

「あの子の……出生に関してなんですが」

山田の母親が話しにくそうにしているので、一《まぶた》の代わりに純が話を引き取る。

「ああ、そのことなら気づきましたよ。かつての連続殺人犯、山田晋平との間にできたお子さん……ですよね？」

「それは……実は、誤解なんです」

「え」

「山田さん、詳しく話してくださってもよろしいですか」

出頭が促すと、山田はゆっくりうなずき口を開いた。

「もう二十年以上前の話です。お恥ずかしい話、当時、私は妻子のある『山田』という名字の男性と出会い、愛し合うようになりました。なにせ若かったものですから、すぐに駆け落ち同然で生まれ故郷の集落を出、男の子を一人もうけました。そのつもりはありませんでしたが、要するに略奪……です。けれどその後、男性とは結局上手くいかないようになり、息子と二人で集落に帰ってきました」

意識して標準語で話そうとしていたが、山田の母親の言葉にはどうしても地方の独特のイントネーションが微《かす》かに残っていた。それが逆に聞く者をぐっと話の中に引き込んだ。

「その集落はある地方にあって、土地柄ほぼ一つの名字しかありませんでした。その中にあって、私達母子だけがその土地で唯一の『山田』でした。そこへ、重なるようにあの事件が起きました。偶然にも、私と符合してしまっている部分がたしかにたくさんありました。事件が起きた時期、不倫という背景、犯人の名字も山田……けれど本当に、その事件と私達母子は無関係でした」

「それなら、なぜそううったえなかったんですか」

思わず田中島が力んで口を挟んでも、山田の母親は力なく首を横に振った。

「無駄ですよ。その事件の犯人は私の不倫相手だと、あの子の父親だと、誰もが信じて疑わなかった。インターネットが盛んなところでもありませんでしたし。それに、私が不倫をしていわば出戻りといったかたちで帰ってきたのは事実なんです。そもそも、その誤解の根底には、私達母子への……私への、嫌悪があった。そこへ、あの事件が偶然重なって起きた。土地の人達からすれば、私達を批判する格好の材料ができたようなものなんです。……人は、見たいものしか見ようとしませんし、信じたいものしか信じません……。あの時、どれだけ声を上げたって、決して届かなかったと思います」

「そんな……」

「土地の人達の勢いは、それはすごかったです。自分達の思い込みで、連日のようにうちにいたずら電話をかけてきたり、家に落書きや投石をしたり、罵倒してみたり……。寄ってたかって、私達母子をリンチしたんです。ここにいたら殺される、本気でそう思いました。何より、まだ小さかった息子に不憫《ふびん》なおもいをさせるのが忍びなくて」

純は、自分達一家が嫌がらせを受けたあの恐ろしい日々がフラッシュバックするのを感じた。

「それからは母子で各地を転々としました。決して楽ではありませんでした。仕事を見つけるのだけでも一苦労でした。もう生きるためならどんなことでもしました。それでも、あの土地にいて嬲《なぶ》り殺されるよりはマシでした」

そこにいた誰もがただ聞き入っていた。小さな老女が決して上手くはない語り口で訥々《とつとつ》と話しているだけなのに、しかしその話にはリアリティという圧倒的な凄味があった。もしかしたら思っていたよりもこの人の実年齢は若いのかもしれない、そんなことを純は考えていた。人一倍苦労を重ねて老け込んだだけで。

「ようやく落ち着いたのは、それから数年後のこと。小さな神社の近くにある、古びた安アパートでした。でも、本当にホッとした……ずっと逃げ続けてきましたから」

純も口を開いた。どうしても聞かずにはいられなかった。

「じゃあ、山田晋平、という男は」

山田は伏し目がちに、再度首を横に振った。もう投げやりになって、何もかもを否定しているようですらあった。

「全く、知らない人なんです」

「その、幼かった息子さんは、ご存知だったんですか。なぜ、自分の身にそんなことが降りかかったのか」

出頭は刑事としての本能から明らかにしなければならないと、事実関係の確認を続けた。

「理解していなかったと思います。まだ本当に小さかったですから。だから、私も不思議で……」

困惑した面持ちだった山田の母親は、そこで、何かに気づいたようにハッとして言葉を切った。

「……でもたしかに……、私は山田晋平の事件に関する新聞や雑誌の記事なんかを、ほんの短い期間だけですけど、スクラップしていたことがあるんです。無関係とはいえ、なにか運命というか、自分との因縁めいたものを感じて。私も、精神的に少しおかしかったんだと思います。それはずっと処分せずに家の箪笥の引き出しにしまっておいて、私自身もすっかり忘れていたのですが、ある時、あの子が十六歳くらいだったと思います。偶然、あの子にそれを見つけられたことがありました」

山田はわずかに速まった口調で一点を見つめながら誰にともなく話し続けた。今蘇った記憶の糸をするすると辿っているようだった。

「これはなんだ、と聞かれたので、その時はたいして気にも留めず適当に、なんでもないよ、って答えただけでした」

まるで取り調べか、裁判を受けているように、山田は自分の行いを正直に語った。

「でもまさか、それがこんなことを引き起こすだなんて……っ」

声がひび割れた。その声音には、贖罪《しょくざい》と、自責が込められていた。

「私あの子に、一度だけ聞かれたことがあるんです。父さんは、どんな人だったんだ……って」

「それで……」

「一言、ひどい人だったよ……って」

その一言が、この長かった一連の事件の引き金なのだろうと、誰もがようやく辿り着き、腑に落ちた思いだった。

「私の育て方も、いけなかったんだと思います。でも私も、生きること、あの子を育て上げることで精いっぱいで……」

山田はもう一度、縋るようにして被害者遺族である純の方を見た。その眼差しに、純も目を逸らすことができなかった。

「息子のやってきたことを考えれば、命を奪われたとしても、しょうがないことだというのはわかっています」

そこで言葉を切り、ただ、と山田の母親は続けた。

「あの子は……自分を殺人犯の息子だと思い込んで死んでいったんですね」

その言葉は、重石《おもし》のようにしてそこにいた全員の心に伸《の》し掛かった。

山田の母親の両目からは止めどなく涙が流れ落ちていた。

山田の母親の話を聞き終えた頃には、言葉にならない思いを吐き出すように、自然とあちこちから溜め息が漏れていた。

その中で一人だけ、少しずつ、次第に大きくなりはじめたかと思うと、狂ったように笑い声を上げたのは狡井《ずるい》だった。

誰もがたじろぐ中、周囲を気にせずひとしきり笑い転げると、目尻にたまった涙を拭きとりながら、

「そういうことかあ。じゃああいつ、人殺しの息子でもなんでもない、ただの若者だったってわけだ。こんな間抜けな話があるか⁉　なあおい」

「京太郎、不倫君、みなさんも。じゃあ俺達はこれで。もう行かせてもらう」

　これ以上、狡井《ずるい》が暴走しないように、努めて事務的に素早く出頭と田中島が対処しようとした。

「署の方で、じっくり聞かせてもらうからな」

「ふん」

　出頭に念を押され、その場にいる人間全員の非難するような視線を浴びると、狡井《ずるい》は撥《は》ね返すように周囲を睥睨した。そしてその視線は、薬師女に固定された。

「結局、ペンは剣より強いってこと。一人の人間を捻り潰すことなんか簡単にできる。世の中、情報を制した者が勝つんだよ」

　一《まぶた》の我慢が限界を迎えた。

　まるでボクサーのステップのように、あっという間に狡井《ずるい》の正面までやって来る、周りの人間が、あっ、とそれに気づいた時にはぐしゃっとその胸ぐらをつかみ、片手で持ち上げていた。

　苦しそうにしながらも、なお狡井《ずるい》は愉快そうにすることを止めない。

　一《まぶた》は右手に青筋が立つほどの握り拳を作ると、一気に顔の高さまで持っていき、振りかぶった。

「おい、京太郎、やめろ……っ」

　とっさに出頭が止めに入ろうとしたが、間に合わなかった。

衝撃音がいれずみやに響いた。

一《まぶた》の拳は、狡井《ずるい》の顔面からわずか数ミリ離れた壁にめり込むように直撃していた。

「……いいか、あのな……」

一《まぶた》は右手をぶらんと引き抜き、逆に左手に渾身の力を込めて狡井《ずるい》を眼前まで引き寄せた。

「本当に強いのはな、誰も殴らねえ奴なんだよ」

額が密着するほどの至近距離でそれだけ言い放つと、放り投げるように狡井《ずるい》から手を離した。よろけたその身柄を出頭と田中島が引き受ける。一《まぶた》は背を向け、大きな呼吸で肩を上下させ昂る自身を落ち着けた。

出頭が狡井《ずるい》の肩に手を置いて歩き出した。田中島は一《まぶた》の方へ振り返り呆れ混じりに注意した。

「あのなあ、拳銃を持ってるかもしれない相手に無茶なこと考えるなよ」

「こいつは陰で人を動かすことで満足する知能犯タイプだ。ここでチャカ振り回してドンパチするようなマネはしねえってのはわかってたよ」

その言葉を聞いていた狡井《ずるい》は肩を揺らして愉快そうに笑った。

「たしかにねえ、ご明察だ。……僕はそんなやり方はしない……」

そしてもう一度振り返ると、一《まぶた》と純、そして薬師女を見やり、

「まあ、今にわかるさ」

狡井《ずるい》の笑みは最後まで消えなかった。

24

それから数か月後のことだった。日本中のメディアに、一冊の書籍の発売を告げる宣伝が躍った。

『珍名ばかりが狙われる　連続殺人鬼ヤマダの息子』（トレジャーアイランド社）
著者　イトウ・ユズル

狡井《ずるい》は事件が発生している最中からずっと、この本の計画、執筆を行っていた。そしてほとんど書き上げていた原稿を、最終的に刑務所の中で仕上げ、協力者の手に渡して出版したのだ。

この自著の中で、警察の取り調べでも裁判でも語らなかった事件の詳細や、そもそも事件を企てた真の動機までを本邦初公開と銘打ち赤裸々に明かした。

私自身が本名を『狡井《ずるい》』といい、希少な名字ということで子供の頃は嫌な思いをしたこともある。何より、自分自身がこの名字が嫌いだった。誰だってそうではないか。「狡い」などという名字に生まれてしまったら。このペンネームを付けたのも少しでもそんな素性を隠すためだ。名前の力というのはすごいもので、この名前を使い出してから、私の人柄はおおいに変わったように思う。本名で暮らしていた頃なら考えられないくらい、何事にも前向きになることができた。しかし私は胸に秘めてきた。いつか表現者として、これまでの人生で受けた大きなマイナスを、全部プラスにひっくり返してやろうと。だからこそ、名字というのは私の温めてきた大切なテーマの一つだった。（はじめに）

ある日、私の元へ一通のメールが届いた。自分は連続殺人犯の息子である、自分のことを取材してくれという、とある青年からのものだった。仕事柄、こういったメールは毎日何十通とくる。いつもなら相手にせずまともに目も通さないで削除してしまうのだが、この時は興味を惹かれ、そのメールを開いていた。今思えば不思議なものである。しかし人と人との運命的な出会いというのはこうやって起きるものなのかもしれない。とにかく、それがあの男――ヤマダの息子と名乗り、日本中を震撼させる連続殺人事件を起こすことになる男との出会いだった。

待ち合わせたのは、都内のファーストフード店だった。私は馴染みがなかったが、相手が入りやすい方がいいだろうと考えたのだ。時間通り、彼は現れた。

その青年がどこか精神的に普通でない状態なのは、一目見てすぐに分かった。私は以前にも他の連続殺人犯を取材したことがあるが、彼らとよく似ていた。話していても、妄想じみた発言が多く、会話は嚙《か》み合わなかった。これがインタビュー取材なら、大失敗に終わっているだろう。しかし、そこで思いついた。ドキュメンタリーなんかより、もっと注目が集まるやり方があるということを。なぜだかは分からなかったが、青年は「名字」というものに異様なほど強い執着を持っていた。（第一章 ヤマダの息子との出会い）

ターゲットとなる珍名の持ち主をどうやって見つけるか。それは簡単だった。彼らは自然界で言えば白化個体・アルビノのようなものだ。珍名という、どこへも逃げ隠れできない目印を背負って生きている。ひとたびこの社会に姿を現せば、即座に発見できる。マスコミで働いてきた経験を活かし、文字通りこれまで「名を残し」てきた当該人物を数人ピックアップした。

私は昔から、世界各国の猟奇殺人事件を調べるのが好きだった。海外のそういう事例は、とにかく現場が異常極まりないということに尽きる。しかし日本ではなかなかお目にかかれるものではない。そこで、さらにその珍名になぞらえた殺し方をしてみることを思いついた。せっかく木乃伊という人物を殺すのだから、本物のミイラのようになってもらうことにした。（中略）事件が報道されるとすぐさまネット中を検索したが、わずかな人が被害者の変わった名字に触れている程度だった。私はおおいにガッカリした。その反省点を踏まえてさらに私は、アメリカのシリアルキラー・サムの息子に倣い、二人目の殺人では文章を残すことを提案した。ヤマダの息子も、殺人のコツを摑み始めているようだった。（第二章　誰をどう殺すか）

三人目に使用した拳銃は、かつて仕事で知り合ったそのスジの人間から興味本位で秘密裏に購入した代物だった。勢いで買ったはいいが、そんなものそうそう使う機会はあるはずもなく、この撃鉄を起こし、引き金を引くこともできぬまま、一生自宅の金庫で腐らせてしまうのかと残念に思っていたので、この事件がはじまった時、真っ先に絶対どこかで拳銃を使った殺し方をしてやろうと心に決めていた。まさか、二度も使うことができるとは思わなかったが。

なにより忘れてはいけないのは、この頃からだと記憶しているが、ヤマダの息子はまるで社会正義のために動いているようだ、などと言われ出したことだ。それは私からすれば完全に想定外であり、嬉しい誤算だったということをここに記しておこう。みなさん、大変買い被ってくださり、どうもありがとう。（第三章　週刊誌砲）

薬師女萌子とは私が彼女の作家デビューをプロデュースするという縁で知り合った。彼女の人柄についてはその頃から把握していた。騒動をさらに盛り上げるために五人目の被害者はそろそろ女にしようと考えていた。そこで登場させるのに彼女は絶好の人物だと思った。

サムの息子がそうしたように、まずマスコミに薬師女の殺害予告を送ることにした。その後心配をするフリをしてコンタクトを取り、事件の中で彼女を動かした。おもしろいもので、この世には珍名ばかりが集まる店というものがあるのだ。しかも、その店主が少々いわくつきだった。(中略)少し前にそういったうわさを小耳にはさんでいた私は、そのいれずみやという場所におおいに興味を惹かれた。藁にもすがりたい思いでいた彼女に、そういった同胞のコミュニティを紹介することで送り込み、探りを入れてみることにした。それにもしかしたら、何か想定外の化学反応が起きるかもしれない。

(中略)私はターゲットを変えた。元々、彼女と並行して目をつけていた女がもう一人いた。条件としては申し分なく、薬師女と甲乙付け難かった。結果的にその女が五人目の被害者となった。

盗作騒動の時も口の堅かった薬師女だから、私自身の名前はまず露見しないであろうと考えていた。結果的にその見通しが仇《あだ》となったのかもしれない。(第四章　薬師女萌

子）

さて、長々と事件の経緯を振り返ってきたが、この書籍を手に取っている読者の皆さんが一番知りたがっていることといえば、それはやはり私の動機ではないだろうか。なぜ、私は一連の事件を企図したのか。

率直に言えば、その責任は読者であるあなたを含む日本人全てにあると私は考えている。

これまで陰惨な殺人事件や不幸な事故が起き、被害者の名前が報道されるたび、必ず耳にしてきたセリフがある。

なぜ被害者の実名が報道されるのか、と。

それに答えるのは簡単だ。なぜなら、誰もがそれを望んでいるからだ。本当は知りたいのだ。こんな悲劇が降りかかったのは、一体どこの、誰なのか。可哀想に。自分じゃなくてよかった。この人に比べれば自分はまだ幸せだ。他人の不幸というのは、退屈な日常の中の一番の娯楽なのだ。それを享受するなら、具体的であればあるほどいい。だからマスコミは報道する。

腹の底では誰もが下衆《げす》な野次馬根性を抱えているくせに、上辺では被害者の名前を報道するなだのと薄っぺらな人権意識を振りかざし、マスコミばかりを悪者扱いする。

だから希少な名字の人間を狙えば、そちらの物珍しさに目が眩《くら》んで、誰もが喜んで喰い付くだろうと思ったのだ。そしたらどうだろう？　自分は絶対狙われないという安心感も手伝って、ものの見事に誰もがその醜い本性を露わにしたではないか。どれだけ被害者が出ようがそんなのは他人事、余裕を持って高みの見物、それどころか探偵気取りで被害者の過去を無遠慮に引きずり出し、便乗して遺族を蹂躙《じゅうりん》する者だって大勢いた。みんないい暇つぶしの余興にしていたはずだ。私はこの国の人間の素顔を暴き立ててやっただけだ。

私は確信しているが、本書は物見高い貴方がたの手によって、瞬く間にベストセラーを獲得するだろう。（第五章　醜い本性）

私は小さい頃、漫画家になりたかった。残念ながらその夢は破れてしまったが、事件が起きている約数か月の間は、まさに夢心地であった。

あの頃、たしかに自分の企画した事件を誰もが話題にし、次の展開を予想し合った。

それはまるで、少年漫画誌でメガヒット作を連載している漫画家の日常そのものだった。いわば私が原作者で、実行犯が作画担当だったわけだ。皆さんは感じなかっただろうか？　毎週月曜日に発売される人気漫画誌を心待ちにするような、あのワクワクを。もっと、もっとおもしろいエンターテインメントを届けなければ。次のターゲットに

『不死川《しなずがわ》』や『産屋敷《うぶやしき》』を選ぼうか、あるいは『虎杖《いたどり》』が来るかもしれないとどれほど考えただろうか。

　人気作だからといって編集部の都合で連載を引き延ばしても、そんなものは駄作になる一方だ。だから最後は私自身でヤマダの息子を手にかけることで、連載を終わりにしたのだ。あれがこの事件の、潮時だった。（あとがき）

　事件は口さがない話題のネタとしてもう一度消費されることとなり、やっと訪れたはずの関係者達の平穏な日々は全て幻想だったかのように消え去った。元有名ディレクターにして日本を震撼させた連続殺人事件首謀者の告白というセンセーショナルな触れ込みと、狡井《ずるい》直々に指揮して作成された装丁のデザインも多くの人目を惹く優れた出来で、書籍は発売後すぐさま重版に次ぐ重版が決まり、大ベストセラーとなった。それはまさに狡井《ずるい》の読み通りだった。

　話題性の反動からか、犯罪者が自身が犯した罪の暴露本出版で大金を稼ぐことを疑問視する批判の声も上がり、アメリカに『サムの息子法』があるように、それを取り締まる法律の整備、通称『ヤマダの息子法』が叫ばれ出しもした。

「ったく、世の中本当にクソッタレしかいねえな」

一《まぶた》が吐き捨てるように言う。

「なあ、純？」

「あ、はい」

狡井《ずるい》の逮捕後も、純は週に何度かいれずみやで店番のアルバイトを続けていた。給料を払う余裕なんてあるのだろうかと思いながら。

歯切れの悪い純に、直感的に何かを察した一《まぶた》は鋭い眼差しを向けた。しかし、それ以上は何も問わなかった。純も一《まぶた》のカンの鋭さはわかっていた。

一《まぶた》は嫌悪を示し、出頭も田中島も否定的な立場を取っていると聞いたが、それでも純は事件の被害者の一人として、どうしても狡井《ずるい》の著書を読んでみたいという衝動を抑え切れなかった。

一《まぶた》に黙って、いつもは利用しない書店を選んで、純は書籍を購入した。両親にも言えず、隠すようにして家に持ち込んだ。

夢中になって一晩中読み耽ったが、しかし読後、その俗悪さを間接的に肯定したことに気づき、たしかに自己嫌悪を覚える自分がいた。

そして一睡もできないまま夜が明けていき、翌朝になると純はいてもたってもいられず外へ飛び出していた。何度も連絡をしようとしたが、繋がらない。

嫌な予感がした。

エピローグ

　薬師女が一人その準備を進めていると、部屋のドアを強く叩く音があった。しかしそんなことも日常茶飯事だったため、最初は気にも留めていなかった。するとじきにその人物がドア越しに名前を呼びかけはじめた。

「薬師女さん。薬師女さん、もしいたら開けてください。俺です」

　誰にも対応するつもりなどなかったのに、その声を聞いて薬師女は玄関に向かいドアノブに手を伸ばしていた。

「不倫君」

「薬師女さん、こんにちは」

「どうしてここが……」

「微糖さんに聞きました。ここら辺、佐藤組のシマなんで」

「あ、そっか……」

　純は急いで来たらしいことがわかる、うっすら汗をかき呼吸も荒かった。見るとその片手には、あの本を持っていた。どうやらこれを読んで、すぐさま駆けつけて来たらしい。薬師女もちょうど同じ本を読み終えたばかりなので、なんだかおかしかった。少しの逡巡の後、部屋に招き入れた。

「……どうぞ」

純は部屋のどこにも腰を下ろさず、フローリングの上に真っ直ぐ立って薬師女を見つめた。薬師女もなんとなく所在なく、立ちっぱなしで二人は対峙することになった。

「今日はマンションの周りに報道陣いなかった？　一時期は佐藤組のみなさんのおかげでいなくなってくれたんだけど」

「はい、少しいました」

おかげで純もインタビューのマイクを向けられ、カメラで撮影された。

「でもどうしたの。いきなり訪ねてくるなんて」

「いえ」

呼吸を調えつつ、純はローテーブルの上に一冊の書籍が置いてあることを目に留めた。無駄なものがほとんどない簡素な部屋の中で、それはとても異様な存在感を放って見えた。そしてそこではじめて、自分も同じ書籍を片手にしたままここへ来ていたことに気づいた。それだけ夢中だったのだ。

「読んだんですね」

「うん。買ったんじゃなくて、うちに届けてくれた人がいたの。それも何人もの人から。すごいよね。私に送りつけてやろうって、みんな考えることは同じなんだ。だからまだ何冊もあるよ」

純はさりげなく部屋の中を見回した。そこには入ってきた時から漠然とした違和感が漂っていた。よくよく観察すると、いくつかの薬剤の入った容器が隠しもせず置いてあった。

「まさか……」

あの書籍を読み終えると、嫌な予感が抑えられなくなって、純は真っ先にここへ来た。そして違和感の正体に気づき、それが正解だったことを悟った。

「硫化水素《りゅうかすいそ》……じゃないですよね」

薬師女は否定しなかった。

「さすが。詳しいね、化学」

「もしかして……死ぬつもりだったんですか」

純が慎重に尋ねた。薬師女は首を大きく縦に振った。

「うん」

それから追いかけるようにポンと返事した。これから死を選ぼうとしてる人間とは思えないくらい、その声には悲愴感がなかった。

「一《まぶた》さんの言った通り、私、薄々、狡井《ずるい》さんのこと疑ってた。ほとんどカンなんだけど、この人、何か事件に関わってるんじゃないか……って。あの盗作事件の時から、心の底に不信感があったのかも。だいたい、私みたいな全く注目されてない作家がね、世界的な文学賞にノミネートされるわけないんだよ。あれだって、そもそも狡井《ずるい》さんが無理矢理翻訳本まで出しちゃって、文壇の方々《ほうぼう》に強引にねじ込んだからだと思うの。それなのに私、自分が認められたと勘違いしてた……現実から目を逸らして。馬鹿だよね」

純が口を挟む間もないほど、いつになく薬師女は饒舌だった。

「もし私がもっと早く狡井《ずるい》さんのことを誰かに話していたら、こんなに犠牲者は出なかったかもしれない。また私、本当のことを誰かに言えなかった。だから今度こそ、死んでお詫びするのもいいかなって。それに、いれずみやのみなさんのためにも」

「死んで何になるんですか。そんなの、何の償いにもならないっ」

「なるよ」

純の言葉を遮るように、きっぱりと薬師女は言い切った。薬師女の中には死への迷いや生への執着がほとんど感じられなかった。

「私が死んだら、全部ひっくり返る」

「え……」

「間違いなく世論は、もう一度手の平を返す。いくらなんでもやり過ぎだった、自分は最初からよくないと思ってた、珍名の人達がかわいそうだった……って。世の中なんか、そういうものだから」

「そんな」

否定しようとしても、純にはそれを否定し切ることができなかった。薬師女はとっくに諦めてしまっていると思った。

力が抜けたように、薬師女はドサッとフローリングの上のビーズクッションに身体を沈めた。

「私、子供の頃から人と仲良くなるのが下手で。特に同性が苦手だった。どうしても女の子のグループに入れなかったんだよねえ。ほら、女子って陰口ひどいじゃない？あれが苦手で、そういう時は話に参加しなかったの。一緒にトイレに行くのとかも理解できなかった。それがいけなかったのかなあ」

同意を求めるように笑いかけられて、純も困ったように笑い返した。

「自分なりに頑張ってるつもりなのに、なぜか嫌われちゃう。まだ、男の人の方が気が合って仲良くなれた。男子って、お互いに干渉し合わないから。それでまた女子に嫌われる……っていう。ぶりっことかしてるつもり、ないんだけどね。純君みたいに、自然体で人から受け入れられる人が本当に羨ましかった。私は、どれだけ努力しても無理だったから」

「僕は……そのままで素敵だと思いますけど、薬師女さんのこと」

「ありがとう」

薬師女は自身の二の腕をさすりながら、言った。

「私、刺青入れる人の気持ちってちょっとわかるんだよね。もう、男とか女とか気にするのがめんどくさくなっちゃって。刺青でも入れたら、そんなことから解放されて、どっちでもない、誰でもないたった一人の私になれるんじゃないか……って。一《まぶた》さんに入れてもらいたかったな。私、本気だったよ」

男に生まれた以上、男らしく振る舞うことが当たり前だとずっと思ってきた純には、考えたこともない感覚だった。なんと声をかければいいのかもわからなかった。

「それでもなんとかこの世界で上手くやろうと思って、必死で頭を働かせて、周りの人の振る舞い真似して……。まーた裏切られてた。人見る目ないなあ、私」

薬師女は純から目線を外し、力なくほほえんだ。

「もう、疲れちゃった。なんだか心の中、ポキッと折れちゃった」

たしかに、それはここ数日、純が付き合ってきた薬師女とも違う人物のような態度に見えた。人当たりが柔らかくて、純がかけてほしい言葉をかけてくれて、常に口角がかすかに上がっているような、そんな女性。それは薬師女が必死に作り上げていたものなのかもしれない、と思った。本当はそんな女性、どこにもいない。

「どうせ、小説家になることが絶たれた時に、私はもう死んじゃってたようなもんだったのかもしれないし……ね」

薬師女の横顔には、本当に死がすぐそこにあることを感じさせる危うい儚《はかな》さがあった。

「わかったでしょ。もう、行って」

「いやです……行けません」

それでも純はそこを動かなかった。薬師女が純に向けて険しい表情を作ろうとする。

純は薬師女を見ず、足元を見つめたままで口を開いた。はじまりはまるで取り留めのない世間話のようだった。

「前にも言いましたよね。僕、研究者をやってる父親から、化学のことをいろいろ教えてもらったって」

「うん」

純が突然何を言い出したのか、その真意がまだ薬師女には見えない。純は続けた。

「薬師女さんは、ｉＰＳ細胞、ってご存じですか」

薬師女は純の唐突な問いかけに首を傾げつつもうなずいた。

「うん、聞いたことくらいは。たしか、日本人がノーベル賞を取った……」

「そうです。僕達の身体は何十兆個という細胞から作られています。でもそもそもの大本《おおもと》は、受精卵というたった一つの細胞です」

「あ、なるほど」

「その受精卵が細胞分裂していって、分化した細胞が、手や足や内臓、身体のあらゆる部位を作っていくんです」

「ふむふむ」

「ただ、各細胞は、どの部位になるか、一度役割りが決まってしまったら、もう後戻りはできません。細胞は、その定められた運命、エピジェネティクスというのですが、それには決して逆らえない、はずだった。ずっと」

父親が教えてくれた時のことを思い浮かべると、純は自然と落ち着いて話すことができた。父の言葉をそのまま暗誦している。そう思うと何より心強かった。

「運命……というより、呪いみたい。そんなの」

薬師女が苦笑を浮かべた。

「そうかもしれません。ところが」

純はそこで唾を飲むと、改めて言葉を紡いだ。

「ところが、そんなエピジェネティクスを解く方法が発見されたんです。そうしてエピジェネティクスを解かれ、もう一度何にでもなれる可能性を与えられた人工の多能性幹細胞、それがiPS細胞なんです」

「へえ……」

薬師女が興味なさそうに相槌を打つ。だからなんなの。

「人も、同じなんじゃないでしょうか」

「え、どういうこと？」

「一度、定められた運命だって、変えられる」

薬師女が、わずかに目を瞠った。

「僕達は、この社会を構成する、ほんのちっぽけな細胞の一つに過ぎないのかもしれません。でも」

でも、なんだろう。自分は何を言おうとしてるんだろう。

純は、胸の奥底から、波のように大きな気持ちがゆっくり押し寄せてきていることに気づいていた。自分の思考が飲み込まれてしまいそうで、もういっそ、その波に身を委ねるように思うままを口にしようとした。

「実は、今回の事件に巻き込まれたことがきっかけで、僕も決意をしました。ずっと、父親のこと頼りにしてばかりいた人間だったけど、これからは、僕が家族を守っていきたい。これまでの自分から、変わろうって」

そしてはにかみながら、小声で付け加える。

「それで、こんな名字だけど、やっぱりいつかは結婚して、自分の家庭を持ちたいな……って。自分の両親みたいな、あんな風に。俺、彼女に、愛ちゃんに、もう一回自分の気持ち伝えるつもりです。……あ、すいません、こんなことどうでもいいですよね……」

「がんばって」

薬師女が小さな笑みを漏らした。

自分の言葉が届いていることを信じ、仕切り直して純は続けた。

「とにかく、薬師女さんだって、まだこれからいくらでも、何にでもなれるんじゃないでしょうか。何も諦めることなんかないですよ」

過去の意味なんか、自分次第でいくらでも変えられる。

「僕はあの発見から、そんなことを教わった気がするんです」

胸の奥から少しずつ湧いてくる想いが、薬師女を言葉に詰まらせているようだった。

そこで純は、最近ひそかに突き止めたことを思い出していた。

「カズさんも、刺青と判子以外に、三足目の草鞋を履いたみたいだし……」

「え？　カズさんがなに？」

「あ、ううん、こっちの話です」

一《まぶた》は、自身の作風を崩したかわいいＬＩＮＥスタンプを誰にも内緒で販売しはじめていた。

本書は書き下ろしです。
この物語はフィクションです。作中に同一の名称があった場合でも、
実在する人物・団体等とは一切関係ありません。

宝島社
文庫

珍名ばかりが狙われる
連続殺人鬼ヤマダの息子

（ちんめいばかりがねらわれる　れんぞくさつじんきやまだのむすこ）

2021年12月22日　第1刷発行

著　者　黒川慈雨
発行人　蓮見清一
発行所　株式会社 宝島社
〒102-8388　東京都千代田区一番町25番地
電話：営業 03(3234)4621／編集 03(3239)0599
https://tkj.jp
印刷・製本　中央精版印刷株式会社

ISBN 978-4-299-02362-9